Christine Roßberg

So isses, rund und bunt!

Nicht ohne meine Erika.

EDITION FREIBERG

Printed in Europe · Oktober 2019

Computersatz und Layout: Annett Warg · Dresden
Foto Umschlagseite 1: Jürgen Münster · Dresden
Druck und Binden: SOWA-Druck

ISBN: 978-3-948472-00-9

Vorwort

Liebe Leserinnen und Leser!

Es hat schon etwas Überredung gekostet, bis sich meine Freundin Christine Roßberg entschlossen hatte, einen Teil ihrer Texte zu veröffentlichen.
Bis heute ist eine Reiseschreibmaschine der ständige Begleiter, auf der alle Geschichten zu Papier gebracht worden sind.
Auch das verdient eine Würdigung, denn heutzutage bedient man sich ja modernerer Hilfsmittel, wie den PC!
Sie werden beim Lesen einiges Bekannte wiedererkennen und werden daran Freude haben.
Und am Ende des Büchleins werden Sie sicher mit mir einer Meinung sein, es wäre schade gewesen, wenn all diese Geschichten für immer in der Versenkung verschwunden wären.

Isa Höhne

„Hoher Besuch"

Meine Wohnung ist klein, übersichtlich, gemütlich – sie ist mein Refugium, in das ich mich zurückziehe, wenn ich müde heimkomme.
Hin und wieder lade ich mir auch Gäste ein, aber meist nur für ein paar Stunden. Wir plaudern, tauschen Gedanken aus, muntern uns mit einem Cappuccino auf oder lassen uns einen guten Wein munden.
Danach genieße ich wieder die Ruhe, das Alleinsein in meinen vier Wänden. Meine Freunde akzeptieren mein ausgeprägtes Bedürfnis, ungestört zu sein. Jeder hat eben seinen eigenen Spleen.
Doch seit ein paar Tagen ist mein seelisches Gleichgewicht gestört. Ich bin nicht mehr allein in meiner Behausung, sondern beherberge einen Gast, der meinen Tagesablauf durcheinanderwirbelt.
Nein, kein Mann! Es ist eine vierbeinige Dame in schwarz-weißem Pelz und mit ausgeprägtem Selbstbewusstsein, die Besitz von meiner Wohnung genommen hat. Ich frage mich, wer hier jetzt eigentlich das Sagen hat!
Normalerweise lebt Lisa bei meiner Nachbarin und ist gewöhnt, dass sich dort alles um sie dreht.
Krankheiten kommen immer ungeplant! Bei meiner Nachbarin ist es ein gebrochener Knöchel. Natürlich konnte ich ihre flehende Bitte, mich um ihre Katze zu kümmern, nicht abschlagen. Nun bin ich nicht auf den Hund, aber auf die Katze gekommen. Ruhe und Entspannung für mich hängen davon ab, was Lisa vorhat.
Sehr schnell habe ich gelernt, dass nicht die Katzendame dankbar sein sollte, da ich sie vor dem Verhun-

gern rette. Nein, ich darf froh sein, wenn sie mir gestattet, mich um sie zu bemühen.
Mein Leben zu Hause verläuft nicht mehr nach meinen Gewohnheiten, sondern nach Lisas Wünschen.
Komme ich nach Hause, werde ich schon an der Tür erwartet:
„Wird ja Zeit, dass du endlich kommst! Ich langweile mich schon den ganzen Nachmittag! Hast du Futter mitgebracht?“

Lisa wirft mir einen Blick über die Schulter zu, setzt zierlich einen Fuß vor den anderen und schreitet mit hocherhobenem Schwanz in die Küche zum Futternapf.
Auf dem Küchentisch liegt der Fütterungszettel, den mir meine Nachbarin noch auf der Krankentrage zugesteckt hat.
Er ist voller guter Ratschläge:
Morgens möchte Lisa gern Whiskas mit Fisch, mittags höchstens eine Hand voll Trockenfutter und dazu natürlich frisches Wasser. Abends bekommt sie immer eine Kostprobe Kondensmilch! Und bitte immer die Näpfe auswaschen, Lisa ist darin sehr eigen!
Zum Glück kann Lisa nicht lesen. Ihre Besitzerin ahnt nicht, dass sich ihre Katze bereits mit Wonne durch verschiedenste neue Angebote durchfuttert. Schließlich soll mir keiner nachsagen, dass ich knauserig bin!
Während mein Gast frisst, lege ich mich aufs Sofa. Allmählich fallen mir die Augen zu. Da weckt mich unerbittlich ein gleichmäßiges Motorengeräusch neben meinem Kopf. Es kommt aus Lisas Kehle, während sie meine Haare inspiziert. Vielleicht denkt sie, es sei mein Fell?

Ich gebe ihr einen Schubs und sie plumpst beleidigt auf den Teppich, um sogleich unbeirrt das Sofa erneut zu erklimmen und sich anzupirschen.
Als ich ihr mit Nachdruck klarmache, dass ich nicht gestört werden möchte, flitzt sie wie eine wildgewordene Furie auf den Flur, in das Schlafzimmer und zurück. Es klingt wie Pferdegetrappel. Offensichtlich ist das Lisas Art, Frust abzureagieren.
Mit meinem Schläfchen ist es vorbei. Also setze ich mich an mein Klavier, um ein bisschen zu üben. Durchdringendes Jammern unterbricht mein Klimpern. Lisa sitzt auf der Sessellehne neben mir, reibt ihren Kopf an meiner Schulter und versucht, mich vom Klavier wegzudrängen.
Ist das nun Kritik an meinem Spiel oder Überempfindlichkeit gegen Klaviertöne? Ich werde es nie erfahren.

Zum Glück lässt das Fernsehen die Katze kalt. Mein Abend ist gerettet.

Aber erneut gibt es ein Problem. Ich muss dringend auf das gewisse Örtchen. Dort sitzt aber bereits mein Gast auf der Katzentoilette und „bittet pikiert" darum, alleingelassen zu werden!
Ich wandere auf dem Flur, unterdrücke mein dringendes Bedürfnis, bis gewitterartige Geräusche mir verkünden, dass Lisa ihr Geschäft beendet hat und nun versucht, die Spuren im Katzenstreu zu vergraben.
Seit Jahren bin ich daran gewöhnt, allein zu schlafen. Deshalb habe ich am ersten Abend mit Lisa die Schlafzimmertür geschlossen. Ich wollte konsequent sein und das fordernde Miauen und Kratzen an der Tür überhören. Leider hatte ich nicht an Ohropax ge-

dacht. Also gab ich nach. Seitdem verläuft die allabendliche Vorbereitung auf die Nachtruhe nach einem Ritual.
Ich verabschiede mich von Lisa, die im Wohnzimmer das Sofa und zwei Sessel ganz allein für sich hat. Zufrieden drehe ich mich auf meine Einschlafseite, ziehe die Steppdecke über die Ohren und schon erbebt die Matratze unter dem Sprung einer anlehnungsbedürftigen Katze. Sie wandert über das Kopfkissen, liegt eine Weile neben meinem Arm und schleicht dann zum Fußende. Zwischen meinen Füssen schafft sie sich eine Kuhle und dreht sich noch mindestens dreimal um, ehe sie zur Ruhe kommt.
Ich gestehe, dass ihr zufriedenes Schnurren sehr gemütlich klingt.
Gegen sechs Uhr ist mein Nachtschlaf beendet. Ein vorsichtiger Nasenstüber macht mir klar, dass Lisa ausgeschlafen hat. Ich reagiere nicht, möchte noch ein bisschen weiterschlafen. Fünf Minuten gibt das Katzentier zu, dann werden ihre Bemühungen intensiver. Also stehe ich auf. Aber erst geht's unter die Dusche. Neugierig will Lisa zusehen, wie lange das wohl dauert. Ein paar Tropfen Wasser tun ihre Wirkung. Also wandert die Katze in der Küche umher, starrt den Kühlschrank an, in dem sie zu Recht ihr Futter vermutet und inspiziert ihre Futternäpfe, ob sich nicht doch noch ein Krümel findet, der ihr entgangen ist.
Endlich bin ich mit meiner Morgentoilette fertig. Lisa bekommt ihr Frühstück und ich das meine.

Satt und zufrieden verzieht sich mein Gast auf das Sofa. Nun beginnt ihre Morgentoilette. Kein Fellfleckchen entgeht ihrer Zunge, die offensichtlich Kamm

und Schwamm zugleich ist. Wenn Lisa sich um Körperteile bemüht, die man höflicherweise nicht erwähnt, streckt sie ein Hinterbein senkrecht in die Höhe, um überall mit der Zunge hinzugelangen. Für mich sieht sie dabei wie ein Mini-Cello aus.
Nach Beendigung der Morgenwäsche zieht sich die Katzendame auf ihr Lieblingskissen zurück, vergräbt die Nase im Fell und schläft.
Beruhigt kann ich die Wohnung verlassen, denn Lisa wird jetzt stundenlang schlafen oder dösen, bis dann bei meiner Rückkehr die übliche Begrüßung abläuft, wie gehabt:
„Wird ja Zeit, dass du endlich kommst! Ich langweile mich schon den ganzen Nachmittag! Hast du Futter mitgebracht?"
Und unser gemeinsamer Abend kann beginnen.
Morgen kommt meine Nachbarin aus dem Krankenhaus zurück. Endlich wird wieder Ruhe in meiner Wohnung einkehren. Endlich kann ich wieder ungestört tun, was ich will! Und mein Bett gehört mir wieder allein. Kein Nasenstüber wird mich wecken. -
Ob ich mal ins Tierheim fahre? Dort soll es doch viele Katzen geben, die ein neues Zuhause suchen!

Stoßseufzer (m)einer alten Schreibmaschine

Nun hat sie schon wieder stundenlang meine Tasten traktiert und ich wundere mich, dass sie nicht merkt, wie klapprig ich mich fühle!
Seit sie mich neulich aus Versehen fallen ließ, ist ein Stück von meinem Gehäuse angebrochen, und ich scheppere noch mehr, wenn sie auf mir schreibt. Ich hatte schon Angst, dass sie mich nun wegwirft. Aber ich glaube, sie hat das Scheppern nicht mal gemerkt. Im Gegenteil, vor ein paar Tagen hat sie ein neues Farbband aufgezogen, damit besser zu lesen ist, was sie verfasst. Es ist wohl schwierig, für mich noch ein Ersatzteil zu bekommen. Schreibmaschinen sterben aus, das habe ich inzwischen schon gemerkt. Nicht, dass sie mit mir etwa spricht, aber über mich redet sie immer dann, wenn sie das Geschriebene an eine gute Bekannte weitergibt, die uns hin und wieder besucht und die einen Computer hat, auf dem sie mein Geschriebenes sozusagen noch mal übersetzt. Die Computerfreundin fragt auch immer wieder, warum meine Besitzerin sich nicht auch einen Computer anschafft „Meine Erika“ (so heiße ich), „meine Erika ist noch ganz in Ordnung. Und für einen Computer fühle ich mich zu alt!“
Ist das nicht lieb? Dabei habe ich den Verdacht, dass sie nur keine Lust hat, etwas Neues zu lernen. Die Jüngste ist sie ja nun wirklich nicht mehr. Aber ich höre von manchen ihrer Besucher, die ähnlich alt sind, dass sie begeistert von ihren Computern erzählen und was sie damit alles anfangen können. Aber wenn

sie dann sagen; was so eine Rechenmaschine alles braucht, um zu funktionieren, bin ich ganz stolz auf mich! Ich komme mit dem Farbband aus und brauche sonst nichts.
Na ja, manchmal würde ich mich schon über ein kleines Streicheln freuen. So als Dank, dass ich trotz meines Alters noch so zuverlässig bin. Ich bin fast 40 Jahre alt. Das ist für eine Schreibmaschine wohl ein erstaunliches Alter. Damals, als ich geschaffen wurde, war ich etwas ganz Besonderes. Jedenfalls musste man lange warten, ehe man mich mit nach Hause nehmen konnte. Und billig war ich, für damalige Verhältnisse, auch nicht!
Mein Gott, was ich alles geschrieben habe! Briefe, Berichte, Geschichten, eigentlich schade, dass alles, was ich vollbracht habe, immer gleich weg ist, jedenfalls für mich. Da hat es so eine moderne Schreibmaschine, wenn ich sie mal so nennen will, besser. Sie bewahrt sicherheitshalber das Geschriebene in ihrem Innern auf Da kann man dann immer noch mal nachschauen!
Manchmal denke ich, meine Schriftzeichen sind altmodisch geworden. Es kommt offensichtlich oft mehr auf das Aussehen an als auf den Inhalt des Geschriebenen. Aber ich will nicht klagen. Solange meine Besitzerin zufrieden ist mit meiner Arbeit, bin ich es auch.
Ein bisschen habe ich mich schon gewundert, dass ich in neuerer Zeit viel öfter aus meinem Kasten herausgeholt werde als früher. Wenn ich nicht wüsste, dass meine Eigentümerin ziemlich alt ist, dann würde ich meinen, sie macht Schularbeiten.

Jetzt wundern Sie sich sicher, was ich hier für Wörter benutze:
Schularbeiten, Eigentümerin, Computer zum Beispiel. Aber glauben Sie mir, wenn man so viel schreiben muss, dann bleiben manche Vokabeln einfach hängen. Nett, dass Sie mir zugehört haben! Und dass Sie mich alte Maschine ernst nehmen. Ja, ja, alt bin ich wirklich, aber altersschwach nicht! Vielleicht sprechen Sie mal mit meiner Besitzerin, dass mir ein Tröpfchen Maschinenöl ganz gut tun würde. Dann müsste ich nicht mehr so klappern. Na ja. und es wäre auch schön, wenn meine Buchstaben hin und wieder abgebürstet würden. Dann brauchte die Computerfreundin nicht immer nachzufragen, ob sie dieses oder jenes Wort auch richtig gelesen habe.

Fröhlicher Abschied

Heute müssen wir nun Abschied nehmen. Oder soll ich besser sagen: „dürfen“? Es wird ein dankbarer Abschied, eine fröhliche Trennung!
Obwohl wir viele Jahre ein unzertrennliches Paar waren.
Begeistert war ich nicht, als man dich mir an die Seite gab. Doch vom ersten Tag unseres gemeinsamen Lebens hast du mir geholfen, still und zuverlässig. Ich akzeptierte deine Gegenwart, weil ich allein nicht mehr klar kam, und das im wahrsten Sinne des Wortes. Das ist leider eine der Folgen des „Älterwerdens“. Du warst mir eine zuverlässige Freundin, aber sehr schweigsam. Oft hast du dich versteckt, wenn ich dich nötig brauchte. Rufen hatte keinen Zweck, aber Suchen!
Erstaunlich, welche Verstecke du aussuchtest! Ich habe es genossen, wenn wir gemeinsam vor dem Fernseher saßen und spannende Krimis ansahen. Aber auch unterwegs warst du eine angenehme Begleiterin. Ohne dich mochte ich gar nicht auf die Straße gehen. Ich glaube, deine Anwesenheit hat mir Respekt eingebracht. Manchmal wurde mir sogar gesagt, wie gut wir zueinander passen!
Doch nun gehst du in Pension. Ein Begriff, der überhaupt nicht zu dir passt. Ich weiß, du würdest gern bei mir bleiben. Doch ich brauche deine Hilfe nicht mehr. Darüber bin ich sehr froh und werde ein Glas Sekt auf unsere Trennung trinken.
Du interessierst dich nicht für Sekt. Du bist eher für Streicheln und Putzen. Deine Putzsucht war manch-

mal belastend für mich. Aber wenn du nicht mit mir zufrieden warst, habe ich es dir sofort angesehen.
Nun bin ich schon gespannt darauf, was meine Freunde sagen, wenn ich ohne dich zu ihnen komme. Ein wenig unsicher fühle ich mich doch, du wirst mir fehlen nach so vielen gemeinsamen Jahren. Aber lange wird dieses Gefühl nicht dauern, weil die Freude überwiegt, dass ich nun ohne dich durchs Leben gehen kann.
Was wird nun aber mit dir? Was tust du ohne mich? Du bist doch zum Helfen geschaffen. Gut siehst du auch noch aus, schließlich habe ich dich immer gepflegt. Am liebsten würde ich dich weitervermitteln an jemanden, der deine Hilfe gebrauchen könnte. Ich würde dir ein gutes Zeugnis ausstellen. Mal sehen, ob man da etwas tun kann.
Doch nun müssen wir Abschied nehmen, dir zuliebe mit einem lachenden und einem weinenden Auge, ganz stilecht.
Ich trinke einen Schluck Sekt und danke dir für deine Hilfe und deine treue Unterstützung über so viele Jahre.
Ein zweiter Schluck gilt meinem Augenarzt, der mich mit Erfolg operiert hat, so dass ich nun meine Brille nicht mehr nötig habe.

Kleiner Irrtum

In der Redaktion hatte es einen erbitterten Kampf unter den weiblichen Mitarbeitern gegeben, wer den ehrenvollen Auftrag übernehmen und den berühmten Professor der Chirurgie interviewen sollte.
Schließlich ließen wir das Los entscheiden und das Schicksal erwählte mich. Himmel war ich glücklich! Meine Kolleginnen allerdings weniger, und eine meinte boshaft:
„Der Professor ist eigentlich dafür bekannt, dass er junge hübsche Damen zu schätzen weiß!"
Die Betonung lag auf „jung" und „hübsch", aber über solche Ausbrüche puren Neides war ich erhaben.
Der Weg zum Chef geht über die Chefsekretärin, diese Binsenweisheit gilt auch für Kliniken. Also rief ich bei der gefürchteten Vorzimmerdame an und erhielt einen Termin. „Aber bitte kurz fassen, die Zeit des Herrn Professor ist Gold wert!"
Natürlich war mir das klar! Denn während ich ihn interviewen würde, müsste womöglich ein Blinddarm, den der Chef herauszunehmen gedachte, auf ihn, den Meister des Skalpells warten. Die Mitarbeiter im Operationssaal wären pikiert, Assistenten und Schwestern ständen meinetwegen untätig herum, welche Verantwortung für mich!
Am Tag des Interviews war ich bereits eine halbe Stunde vor der ausgemachten Zeit in der Klinik. Die Sekretärin empfing mich mit sorgenvoller Miene. „Sie haben Pech, der Chef ist heute in schlechter Stimmung! Am besten, Sie setzen sich dort in den Sessel und warten, bis er kommt und Sie anspricht." Und in-

dem sie murmelte, dass sie noch etwas zu erledigen habe, verließ das Zimmer.
Der Sessel war unerhört weich. Ob das Absicht war? Ich versank in der Tiefe und bemerkte erschrocken, dass mein Rock gefährlich weit nach oben rutschte. Mit dem Notizblock bedeckte ich so viel Knie, als möglich war und konzentrierte mich intensiv auf meine Fragen.
Da öffnete sich die Tür und der Professor schritt herein. Gespannt hockte ich im Sessel und wagte mich nicht zu rühren. Der Professor streifte mich mit einem kurzen finsteren Blick, sagte kein Wort und ging zu seinem Schreibtisch. Aus seiner Tasche zog er eine Schachtel „Orient“ und zündete sich eine Zigarette an. Natürlich, Professoren rauchen teure Marken! seufzte ich leise und atmete begehrlich den aromatischen Duft des Rauches ein, der sich von den Lippen des Meisters kräuselte.
„Guten Tag“ hätte er ja eigentlich sagen können, fand ich; auch bei schlechter Laune! Aber sicher waren seine Gedanken bei wichtigeren Dingen! Nun setzte sich der Professor leger auf die Schreibtischkante und blickte sinnend über meinen Kopf hinweg zum Fenster hinaus. Woran mochte er wohl denken? An eine misslungene Operation? An eine wichtige Sitzung? Ich musterte ihn verstohlen, um ihn nicht beim Denken zu stören. Man hatte mir erzählt, dass der Chef der Klinik einen recht sportlich-jugendlichen Eindruck mache, obwohl er nicht mehr der jüngste sei.
Das konnte ich jetzt bestätigen. der Professor wirkte sogar erstaunlich jung! Ich vermerkte es auf meinem Notizblock, um später im Gespräch ein Kompliment darüber einzuflechten.

Noch immer sagte der große Mann kein Wort und blies schweigend den Rauch über mich hinweg. Jetzt schien er einen Entschluss zu fassen. Er stand auf, entledigte sich seines Kittels, streifte sich die Ärmel seines Hemdes hoch und begann, sich am Waschbecken die Hände zu waschen.
Ich wurde nun doch unruhig. Bei anderen Männern hätte ich dieses Benehmen unhöflich gefunden, aber bei einem berühmten Professor durfte man wohl nicht so kleinlich sein!
Erneut öffnete sich die Tür und wieder trat ein Mann im weißen Kittel herein. Er stutzte, als er mich sah und fragte erstaunt: „Wollen Sie zu mir?"
Ich schüttelte den Kopf, legte den Finger auf den Mund und flüsterte, indem ich auf den hemdsärmeligen Meister deutete, „Nein, ich will zum Professor, aber er ist heute in schlechter Stimmung!"
Der Weißbekittelte bekam große Augen und begann plötzlich dröhnend zu lachen, während er mir die Hand schüttelte. „Na, da sind Sie aber sehr im Irrtum! Der Professor bin ich, der Herr dort ist einer meiner Assistenten, den ich zu einer Aussprache hergebeten habe!"
Und damit begann mein Interview mit einem wirklich bedeutenden Mann!

Chefvisite

Dienstag sieben Uhr dreißig. Chefvisite auf der „Inneren" ist angesagt. In den Patientenzimmern sind bereits seit sieben Uhr die Schwestern unterwegs, ziehen noch einmal die Bettlaken straff, schauen, ob auch keine persönlichen Dinge auf den Nachttischen stehen, die dem scharfen Blick des Professors ins Auge fallen würden.
Er ist ein Ordnungsfanatiker.
Die Patienten liegen wie aufgereiht in ihren Betten unter den glattgestrichenen Bettdecken und bemühen sich, das Werk der Schwestern nicht zu zerstören.
Alle sind instruiert, dem Professor keine Fragen zu stellen. Er möchte bei der Visite nicht gestört werden.
Auch der Stationsarzt ist heute eine halbe Stunde eher zum Dienst gekommen und lässt sich berichten, welche Probleme in der Nacht aufgetreten sind.
Die junge Praktikantin, die in der Nacht auf der Station Dienst gemacht hat, berichtet, dass sie eine alte Frau aufgenommen hat, die in schlechtem Allgemeinzustand war, exsicciert, verwirrt und ohne Angehörige.
Der Stationsarzt ist irritiert. Wieso aufgenommen, es war doch kein Bett frei?
Die junge Kollegin führt ihn auf den Flur. Auf einer Trage liegt eine kleine, zierliche Frau, der man ansieht, dass es ihr nicht gut geht. Ein Tropf steht am Kopfende.
Die Frau schläft. Die Trage befindet sich am Boden, damit die Patientin nicht herunterfallen kann. Die Praktikantin zählt auf, welche Medikamente sie ver-

ordnet hat, auch ein Beruhigungsmittel ist dabei – wegen der Chefvisite.
Der Stationsarzt ahnt, dass ein großes Problem auf ihn zukommt, denn der Chef hatte angeordnet, dass die Innere Station für weitere Zugänge geschlossen sei.
„Diesen Fall erklären Sie dem Professor selbst" verlangt er und eilt zum Stationszimmer.
Dort haben sich bereits alle Personen zusammengefunden, die an der Visite beteiligt sind. Der Stationsarzt, sein Stellvertreter, die Oberschwester, die Stationsschwester, ein Student, der hier in den Semesterferien arbeitet, und die junge Ärztin, die sich in der Facharztausbildung befindet.
Auf dem Flur sind die Schritte des Chefarztes zu hören. Der Praktikantin scheint es, als ob sie schon im Ton ausdrücken, dass hier einer kommt, der das Sagen hat.
Der Professor betritt das Stationszimmer, begrüßt den Stationsarzt und die Oberschwester, die anderen bekommen ein kurzes Nicken.
Als Erstes will er wissen, ob es besondere Vorkommnisse gibt. Der Stationsarzt denkt: „Bringen wir's gleich hinter uns" und fordert seine junge Kollegin auf zu berichten. Der Chefarzt ist Choleriker und reagiert entsprechend, wenn seine Anordnungen nicht befolgt werden.
Das sei Disziplinlosigkeit und Unzuverlässigkeit – wird er laut. Die Kollegin müsse damit rechnen, dass er ihr keine gute Beurteilung geben könne!
Dann eilt er auf den Flur. Seine Schritte haben jetzt einen anderen Klang.

Als die Ärztin berichtet, welchen Befund sie erhoben hat und welche Verordnungen erfolgten, wird der Chefarzt laut. Das sei keine Krankheit, sondern lediglich das Alter.
Alter sei ein Zustand, den man nicht behandeln könne. Das wäre etwas für den Hausarzt, aber nicht für eine Innere Station eines großen Krankenhauses.
Die junge Kollegin verteidigt ihre Entscheidung, aber der Professor wird immer lauter.
Die Patientin auf der Liege wird unruhig und schreckt auf. Neben ihrem Kopf sieht sie die weißen Hosenbeine des Chefarztes und erschrickt. Noch ist sie von der Wirkung des Beruhigungsmittels verwirrt. Als von oben eine zornige laute Stimme ertönt, bekommt sie Angst, richtet sich auf, klammert sich mit beiden Händen an die chefärztliche Wade, kneift in die weiße Hose und beißt zu.
Dem überraschten Professor entfährt ein Schmerzenslaut, während die Stationsschwester versucht, die Hände der Patientin von dem Bein zu lösen.
Plötzlich hat sich die Runde aufgelöst. Nur der Stationsarzt und seine Kollegin stehen noch an der Trage, die anderen sind fluchtartig ins nächste Patientenzimmer gelaufen, um dort zu lachen.
Die Visite fand an diesem Tag verspätet statt. Und niemand wusste, wer die Bemerkung aussprach, die anschließend die Runde machte:
Die Patientin auf der Trage hat alle alten Menschen gerächt, indem sie den Chefarzt gebissen hat.
Die Praktikantin aber hatte gelernt, dass ein Chef nicht kraft seines Amtes unfehlbar sein muss.

Laudatio auf einen oft verwünschten, aber unentbehrlichen Plagegeist

Er steht auf meinem Flur, schwarz, mit vielen Tasten und Knöpfen – unübersehbar.
Die kastenartige Form lässt auf sein Alter schließen. Die Sucht nach unentwegter Modernisierung, die in seiner weit verzweigten Familie herrscht, macht er nicht mit. Auch deshalb passt er gut zu mir.
Das Auffälligste an ihm ist sein feuerrot leuchtendes Auge. Wenn ich nach Stunden der Abwesenheit nach Hause komme, blinkt es, rhythmisch und ohne Ermüdungszeichen, weil es mir etwas Wichtiges mitzuteilen hat.
Sicher haben Sie längst erraten, dass ich von meinem Telefon spreche?
Ich lebe zufrieden allein, freue mich auf die Ruhe beim Nachhausekommen und könnte glücklich sein, wenn ich diesen Störenfried nicht hätte.
Oft habe ich ihn schon beschimpft und verwünscht, wenn ich den anstrengenden Tag entspannt bei guter Musik oder einem interessanten Buch auf dem Sofa ausklingen lassen will. Und genau dann sein forderndes Klingeln ertönt. Es lässt mir kaum Zeit, mich aus meiner Decke auszuwickeln und zum Apparat zu stürzen, weil nach dem vierten Klingelton bereits der Anrufbeantworter anspringt.
Wäre es nicht wundervoll, wenn mein Telefon mich durch die Art seines Läutens bereits auf das Gespräch und den Menschen einstimmen könnte, der mich anruft, damit ich besser gewappnet bin? Aber leider

sind emotionelle Reaktionen in der Konstruktion des Apparates nicht vorgesehen und auch keine Möglichkeit eines Kommentars, wenn ich nach dem Telefonat kopfschüttelnd frage: „Hast du das gehört? Das kann doch nicht wahr sein!“ Vielleicht fragen Sie jetzt, warum ich überhaupt rangehe, wenn es klingelt, es weiß doch niemand, ob ich zu Hause bin.
Sie haben ja Recht, Aber ich bin immer in Sorge, dass gerade bei diesem Anruf jemand mich sprechen will, der Probleme hat.

Es hat sich so ergeben, dass ich in dem Ehrenamt, das ich seit längerem ausübe, eine Art „Schaltstelle“ für die Klärung von Problemen übernommen habe. Oft ist ein Anruf die schnellste Möglichkeit, die Lösung zu beraten mit einem Freund, der Hilfe benötigt, mit Ratsuchenden oder Vergesslichen, die einen Termin verschludert haben. Manchmal braucht ein Einsamer nur jemanden, der ihm zuhört, und das kann lange dauern!
Der Hocker neben dem Telefon hat eine wichtige Funktion, vor allem bei den umfangreichen Krankengeschichten. Einmal bin ich am späten Abend wirklich beim Zuhören eingeschlafen und der Anrufer hat es nicht einmal bemerkt!
Ärgerlich sind die Werbetelefonate, bei denen mich bedauernswerte Angestellte von Call Center für die unnötigsten Waren oder Spiele anlocken sollen. Genervt lege ich den Hörer auf und beschimpfe meinen unschuldigen Plagegeist, dessen rotes Auge traurig blinkt. Zumindest kommt es mir so vor. Dann streiche ich entschuldigend über seine Tasten – ich weiß ja, dass ich ohne diesen schwarzen Kasten oft hilflos

wäre, dass er meine Verbindung zur Außenwelt ist. Niemand könnte mich ohne ihn erreichen. Und auch ich brauche manchmal einen vertrauten Menschen, der mir am anderen Ende der „Strippe“ einfach nur zuhört.

Vor Überraschungen bin ich allerdings selbst bei diesem betagten Telefon nicht sicher. Neuerdings bringt es mich in einen seelischen Zwiespalt. Mitten in einem Gespräch ertönen in regelmäßigen Abständen leise Tonintervalle. Das bedeutet, ein weiterer Gesprächspartner „klopft an“. Soll ich das Anklopfen einfach ignorieren? Aber es könnte etwas Wichtiges sein! Soll ich meinem Gesprächspartner sagen, dass ich auflegen muss, weil da noch ein Anderer gehört werden will? Für mein harmoniesüchtiges Gemüt ein fast unlösbarer Konflikt.

Sie merken, lieber Leser, mein Verhältnis zu meinem Telefon ist ein Gespaltenes.
Dabei habe ich noch gar nicht von seinem Anrufbeantworter berichtet und dass es mich graust, wenn auf dem Display mehr als fünf Anrufe gemeldet werden. Ein Faxgerät ist in dem schwarzen Gehäuse auch noch vorhanden, doch meine Begeisterung für Faxe hält sich in Grenzen. Meist sind sie mit Arbeit verbunden.

Trotzdem - nie werde ich ein modernes, schnurloses Telefon kaufen. Da würde mir die lange Strippe fehlen mit dem handlichen Hörer, der mir schon oft aus der Hand gerutscht ist, ohne Schaden zu nehmen. Ich bin eben ein „Gewohnheitstier“. Lieber sause ich

beim ersten Läuten vom Sofa, aus der Küche, ja sogar manchmal von der Toilette zum Apparat, um beim vierten Klingeln vor Ort zu sein.
Man hat eben seine Macken, mein Telefon und ich auch.

Es ist spät geworden. Vielleicht lese ich dem schwarzen Kasten noch dieses Elaborat vor und wünsche ihm eine ungestörte Nachtruhe - mir natürlich auch. Ob er sein rotes Auge nun schließt?
Gute Nacht, alter Kumpel!

Lehrstunden

Semesterferien – ich habe sie immer genutzt. Ich wollte das im Studium Gelernte in die Praxis umsetzen.
In diesem Jahr habe ich unseren alten Hausarzt gefragt, ob ich ihm in seiner Sprechstunde über die Schulter schauen dürfte.
Wir kennen uns seit vielen Jahren. Er hat allen Familienmitgliedern schon oft in Krankheitsnöten geholfen.
Wie ich erwartet hatte, sagte er zu. Es sei ihm eine Freude, mir als angehende Kollegin zu zeigen, wie es in der Praxis eines Allgemeinmediziners zugeht.
Doch wenn ich gedacht hätte, dass er es mir leicht machen würde, so hatte ich mich sehr getäuscht!
Ich freute, mich mein Stethoskop endlich an Patienten ausprobieren zu können. Voll Lernbegier betrat ich in meinem neuen weißen Kittel das Sprechzimmer. Doch der Doktor war nicht da. Schwester Marga, die gute Seele der Praxis, berichtete, dass er unterwegs zu Hausbesuchen sei. Ich solle schon einen Blick in die Karten derjenigen Patienten werfen, die für die Nachmittagssprechstunde bestellt seien.
Schwester Marga hatte mir den Stapel auf den Schreibtisch gelegt. Die Diagnosen, die ich nun las, kannte ich aus dem Studium. Arthrose, Gastritis, Bluthochdruck, Angina und und und ... Aber da hatten wir Vorlesungen in Orthopädie, Innerer Medizin, Hals-Nasen-Ohrenkrankheiten. Doch hier kamen alle Diagnosen in einer einzigen Praxis vor!
Ich las, welche Befunde den Doktor zum Ergebnis geführt hatten, Laboruntersuchungen, Röntgenauf-

nahmen oder Meinungen anderer Fachkollegen. Meist schien er aber auf seine Erfahrung zurückzugreifen. Das imponierte mir sehr. Ich hatte mir neben den Patientenakten einen Zettel gelegt, auf dem ich alle Fragen vermerkte, die ich dem Doktor stellen wollte.
Eine halbe Stunde vor Beginn der Sprechstunde kam der Doktor. Er lächelte, als er mein Stethoskop sah. „Ich sehe, Sie sind gut gerüstet, Frau Kollegin! Ich möchte aber, dass Sie sich vor allem auf Ihre fünf Sinne verlassen. Früher hatten unsere Kollegen nur diese, um die Diagnosen zu stellen. Wissen Sie, welche Sinne ein Arzt bei einer Untersuchung braucht?"
Damit hatte ich jetzt nicht gerechnet und musste schlucken. „Sehen! Den Patienten von oben bis unten betrachten."
„Richtig. Damit können Sie äußere Veränderungen feststellen, z. B. an der Haut, wie Ekzeme, oder Wucherungen. Zählen Sie weiter auf."
Die Vorlesung über diese alten Untersuchungsmethoden, die wir Studenten wenig interessant fanden, lag schon lange zurück. Zum Glück erinnerte ich mich dennoch. „Hören!" antwortete ich.
„Aber ja", meinte der Doktor, „und zwar ohne Stethoskop. Man legte das Ohr an den Brustkorb, hörte die Atmung und den Herzschlag!"
Mir fiel das Riechen ein, wusste aber nicht, wie es einem Mediziner weiterhilft.
„Wenn Sie zum ersten Mal den Acetongeruch eines Diabetikers gerochen haben, denken Sie, der hat mit UHU-Kleber gespielt", meinte der Doktor. „Apropos Diabetes; früher kosteten die Ärzte den Urin der Patienten, um zu schmecken, ob er süß ist. Seien Sie froh, dass wir heute unser Labor haben!"

„Tasten und Fühlen nutzt man heute aber auch noch"; fiel mir ein. „Gehört Abklopfen auch dazu?"
„Klar, das können Sie heute Nachmittag gleich probieren!"
Ich war heilfroh, dass Schwester Marga ins Zimmer kam und fragte, ob sie den ersten Patienten hereinbitten könne.
Der Doktor nickte. Bei jedem neuen Kranken stellte er mich als Kollegin vor und gab mir die Chance, meine „fünf Sinne" anzuwenden. Und natürlich Fragen zu stellen.
Mir fiel auf, dass sich der Doktor viel Zeit nahm, mit dem Patienten zu sprechen, vor allem bei jenen, die als akute Neuzugänge in die Sprechstunde kamen. Bei seinen Fragen erfuhr er manches aus ihrem Umfeld und von ihren Problemen.
Ich fragte, ob das kein Zeitverlust sei. Er verneinte. „Nehmen Sie das Gespräch besonders ernst. Manche Beschwerden haben keine organischen Ursachen, sondern psychische Gründe. Wenn Sie das herausfinden, können Sie manche Tablette einsparen!"
Am Ende der Sprechstunde rauchte mir der Kopf. Zu Hause saß ich noch bis in die Nacht und arbeitete meine Fragen und die Antworten des Doktors durch.

Eine Woche später fühlte ich mich schon viel sicherer. Der Doktor wollte von mir wissen, welche Diagnose der Patient wohl habe und freute sich, wenn ich die richtige herausgefunden hatte. Bei neuen Patienten durfte ich die Anamnese erarbeiten, das heißt, den Kranken fragen, welche Krankheiten er früher schon hatte, wie sich seine jetzigen Beschwerden bemerkbar gemacht haben und vieles mehr.

Ich lernte unentwegt. Meine Fragen an den Doktor wurden nicht weniger. Am meisten prägten sich die Erfahrungen ein, die ich machte, wenn ich den Doktor bei seinen Untersuchungen beobachtete.
Kurz bevor die Semesterferien zu Ende gingen, bat der Doktor mich, ihn in der Nachmittagssprechstunde zu vertreten. Er hätte einen wichtigen Termin wahrzunehmen.
Himmel, war ich stolz! Jetzt konnte ich zeigen was ich gelernt hatte.
Die Zahl der Patienten war überschaubar und Schwester Marga immer neben mir. Ich nahm mir für jeden Einzelnen viel Zeit, schrieb Diagnosen, verordnete Medikamente, besprach mit Schwester Marga die Rezepte, die der Doktor blanko unterschrieben hatte im Vertrauen auf uns Beide. Dann trug ich alles in die Patientenakten ein.
Am Ende der Sprechstunde war ich stolz auf mich. Der Doktor hoffentlich auch!
Man soll sich aber nie zu früh freuen.
Die Sprechstunde war zu Ende. Schwester Marga brachte den Müll nach unten. Da klopfte es an der Tür und ein Patient kam hereingestürzt, ehe ich „herein" sagen konnte. Sein Gesicht war hochrot, sein Atem ging schnell und schwer. Ich tippte sofort auf einen Infekt mit Fieber. Ich wollte schnell nach Hause und forderte ihn, ohne etwas zu fragen, auf, den Oberkörper frei zu machen. „Aber Frau Doktor ..." fiel er mir ins Wort. Ich zeigte auf die Liege und forderte ihn erneut auf, sich frei zu machen, damit ich ihn abhören konnte. Wieder fiel er mir ins Wort: „Frau Doktor ich will doch nur ..." In diesem Moment kam Schwester Marga wieder ins Zimmer. Sie sah mich und den aufgereg-

ten Mann und begann laut zu lachen. „Frau Doktor, das ist doch unser Elektriker, auf den wir schon lange warten!" Ich ließ den verstörten Mann los und erfuhr, dass er so schnell gerannt war, um noch jemanden in der Praxis anzutreffen. Deshalb der schwere Atem und das gerötete Gesicht.
Jetzt lachten wir alle Drei und ich war froh, dass mir der Elektriker meinen Übereifer nicht übel nahm.
Ja man soll sich nie sicher sein! Diese Erkenntnis lag aber außerhalb des Lehrprogramms meines Doktors.
Ich bekam übrigens von ihm eine gute Beurteilung meines Ferieneinsatzes und zum anderen gute Wünsche für meine ärztliche Zukunft.

Sprechstunden-Erinnerungen

Für heute Nachmittag hatte ich mir eigentlich einen Besuch bei Freunden vorgenommen.
Nun sitze ich in meinem Zimmer und drehe eine Postkarte immer wieder um, als ob mir die Ansicht des Hamburger Hafens auf der Vorderseite beim Ordnen meiner Gedanken helfen könnte.
Die Karte kommt von einer alten Bekannten, die mir mitteilen will, in welcher Gegend Deutschlands sie sich derzeit befindet. In einem Zusatz am Schluss hat sie geschrieben: Stell dir vor, ich habe hier zufällig Schwester Ute Jensen getroffen. Sie hat sich fast gar nicht verändert. Und ich soll dich von ihr grüßen!
Schwester Ute, wie lange habe ich nicht mehr an sie gedacht? Wir haben uns vor fast 30 Jahren aus den Augen verloren, als sie nach Hamburg ausreiste, um künftig dort zu arbeiten. Seitdem habe ich nichts mehr von ihr gehört.
Dieser völlig unerwartete Gruß bringt mich fast aus meinem seelischen Gleichgewicht. Auf einmal sind alle Erinnerungen wieder da. Erinnerungen an die Sprechstunden in unserem kleinen Ambulatorium.
Als ich nach Berlin kam, befand ich mich noch in der Ausbildung zum Facharzt für Allgemeinmedizin. Unter der Aufsicht erfahrener Kollegen sollte ich nun im täglichen Sprechstundentrubel Patienten aller Altersgruppen untersuchen, möglichst die richtigen Diagnosen stellen und die entsprechenden Medikamente verordnen. Schwester Ute war ein Glücksfall für mich. Bei solcher Belastung eine erfahrene Sprechstundenschwester neben sich zu wissen, beruhigt ungemein.

Wir verstanden uns vom ersten Tag an. Sie half mir mit vielen Ratschlägen, verlor nie die Nerven und holte, wenn es gar nicht anders ging, eine meiner Kolleginnen aus dem benachbarten Sprechzimmer, die dann unauffällig „zufällig" vorbeikam und sich den Patienten anschaute.
Zum Glück mussten wir nur selten zu dieser Notlösung greifen, denn ich wurde von Woche zu Woche sicherer in meiner Arbeit.

Im Gegensatz zu mir war Schwester Ute eine echte Berlinerin, die mit Herz und Schnauze sowohl mit den Patienten wie auch mit mir klarkam. Wir hatten dieselbe Einstellung zu unserem Beruf und wussten, Patienten zu behandeln, ihnen zu helfen hat genau so viel mit dem Herzen zu tun wie mit der Wissenschaft. Unser Ambulatorium war damals die einzige medizinische Einrichtung in einem Wohngebiet, das fast die Größe einer Kleinstadt hatte. So kam es nicht selten vor, dass wir an manchen Tagen mehr als 80 Patienten versorgen mussten.
In der Pause saßen wir dann k.o. vor unseren Kaffeetassen. Bedrückt schwiegen wir, wenn in den vergangenen Stunden ein Patient mit einer schweren oder gar unheilbaren Krankheit bei uns war und in ein Krankenhaus eingewiesen werden musste.
Häufiger aber lachten wir noch im Nachhinein über komische Situationen, in die uns Bemerkungen unserer Patienten gebracht hatten. Wir hatten beide ein Gespür für Situationskomik, die sich immer öfter im Verhalten der Praxisbesucher zeigte, nachdem sie Vertrauen zu mir gefasst hatten. Ohne Scheu trugen sie ihre Sorgen und Probleme vor.

Damals haben wir ein kleines Heftchen angelegt, in das wir die ulkigsten Erlebnisse eintrugen, wenn wir nach der Sprechstunde noch auf eine Zigarette zusammen saßen. Das heißt: Ich rauchte nicht, aber Schwester Ute brauchte die „Zigarette danach" zu ihrer Entspannung. Dreimal habe ich miterlebt, wie sie versucht hat sich das Laster abzugewöhnen. Die Entwöhnungszeit war für mich und die Patienten jedes Mal so stressig, dass ich Schwester Ute händeringend bat, doch wieder zu rauchen.

Ob ich das Heftchen noch finde? Es muss zwischen anderen Erinnerungen liegen, die ich in einem Karton aufbewahre, seit ich nicht mehr als Ärztin tätig bin.

Kaum zu glauben – ein Gang ins Nebenzimmer und ein Griff in die richtige Schublade bringen das Heft zum Vorschein. Und gleich kommt wieder Erinnerung an die grotesken Situationen, die entstanden, wenn ein Patient treuherzig von seinem Problem erzählte. Schwester Ute verließ fluchtartig das Sprechzimmer, um sich draußen auszulachen. Ich konnte ja nicht vom Schreibtisch fort und musste ernst bleiben.

Hier, gleich zu Beginn haben wir festgehalten, wie ein vornehmer alter Herr auf meine Frage entgegnete: „Frau Doktor, ich kann Sie heute schlecht verstehen, ich habe meine Zähne nicht drin!"

Der Patient war eigentlich nicht krank, aber einsam. Deshalb kam er gern in unsere Sprechstunde. Einmal auch wegen Verstopfung. Als ich ihm Glycerinzäpfchen empfahl, meinte er, der eigentlich immer auf eine besonders gute Ausdrucksweise bedacht war: „Also, wenn ich mir mit diesen Dingern den A... vollstopfen soll, dann geht es doch erst recht nicht!"

Ein anderer Patient klagte wegen seiner Ischiasbe-

schwerden: „Frau Doktor, ich habe solche Schmerzen, ich könnte fromme Lieder singen!“
Chronisch Kranke ließen sich ihrer Medikamente nicht mit einem „Wunschzettel“ verschreiben, sondern saßen lieber stundenlang im Wartezimmer, um dann noch ein bisschen mit ihrer Doktorin schwatzen zu können.
Manchmal wenn ich am Wartezimmer vorbei zur Anmeldung lief, hatte ich den Eindruck, dass unter den Wartenden ein großer Erfahrungsaustausch über Krankheiten und ihre Symptome stattfand und jeder den anderen mit besonders drastischen Schilderungen übertrumpfen wollte.
Als Allgemeinmediziner hat man vor allem viele ältere Patienten. Für sie ist der Hausarzt oft der einzige Mensch, mit dem sie mal über ihre Probleme sprechen können. Das heißt, damals vor vielen Jahren war das so.
Heute gibt es für Gespräche keine Honorarpunkte und vor allem fehlt den Ärzten die Zeit dafür.
Immer habe ich mich bemüht, mit den Patienten über ihre verordneten Medikamente zu sprechen. Auch da kam es manchmal zu Problemen. Verordnete ich ein Medikament, das zwar wirksam, aber relativ billig war, kam durchaus mal die Bemerkung: „Wenn das so billig ist, dann kann es doch gar nicht helfen!“
Die verrücktesten Situationen erlebten wir mit einer älteren, aber noch sehr regen Patientin. Sie kam eines Tages voller Stolz in die Sprechstunde und berichtete, dass sie in ihrem Wohnhaus bei allen Bekannten die Medikamente eingesammelt habe, die diese nicht mehr brauchten. Danach habe sie die Tabletten bei guten Freunden herum gereicht, denn „was den ande-

ren geholfen hat, kann doch noch weiter nützen!" Am schnellsten sind die Tabletten aus dem Westen weggewesen, denn „die helfen ja immer besonders gut!"
Unsere liebe alte Dame verhalf uns zu ungeplanten Hausbesuchen, weil wir versucht haben, die verteilten Medikamente wieder einzusammeln, ehe sie Schaden anrichten konnten.
Nach dem es den Rentnern erlaubt wurde, in den „Westen" zu fahren, legte mir immer mal wieder ein Patient verstohlen ein Medikament auf den Tisch, das er durch Bekannte in einer Westberliner Apotheke erhalten hatte und von dem er glaubte, dass es besser helfen würde als eines von uns.
Ich studierte den Waschzettel, d.h. ich las, was im Medikament enthalten war. Es machte mich natürlich stolz, dass mir die Patienten auch dann vertrauten, wenn ich von der Einnahme des Mittels abriet. Waren die Tabletten allerdings so zusammengesetzt wie die von uns verordneten, hatte ich nichts dagegen wenn sie geschluckt wurden. Schließlich wusste ich ja, dass der Glaube an eine Therapie zusätzlich durchaus hilfreich sein kann.
Seit die Westbesuche möglich waren, wurde für Schwester Ute und mich Weihnachten zum „Fest der Seife". Meist bekamen wir schön eingepackte und duftende Seifenstücke geschenkt. Damals lernte ich also schon die bekanntesten Marken kennen, an deren Geruch ich mich noch heute erfreue.
Unser Heftchen mit den Patientenanekdoten ist abgegriffen, denn wir haben es oft zur Hand genommen und uns gegenseitig erinnert: „Wissen Sie noch? Damals als ...?" Aber nie haben wir ü b e r unsere unfreiwilligen Komiker gelacht, immer nur m i t ihnen.

Auf einigen Seiten hat Schwester Ute auch Geschichten für die Nachwelt erhalten, die nicht die Patienten sondern wir Ärzte ausgelöst hatten. Zum Beispiel als ich ihr erzählte, welchen Erfolg ich im Straßenverkehr mit meinem Klappfahrrad hatte, auf dem ich die Hausbesuche machte. Oft wurden mir von Kindern die Ventile aus den Reifen geschraubt. Deshalb machte mein Mann mit Ölfarbe ein Holzschildchen wetterfest, auf dem unter einem roten Kreuz auf weißem Grund stand: „Arzt im Dienst!" Dieses Schild befestigte er mit Draht am Sattel. Oft erlebte ich wie Autofahrer plötzlich langsamer fuhren, das Schild lasen und mir beim Vorbeifahren fröhlich zuwinkten.
Eine andere heitere Begebenheit geschah nicht bei uns, sondern bei der Kollegin nebenan.
Sie war erkältet und hatte deshalb Schwierigkeiten mit verschnupfter Nase und entzündeten Nebenhöhlen die Töne beim Blutdruckmessen zu hören. Kopfschüttelnd murmelte sie vor sich hin: „Frau M. hat heute gar keinen Blutdruck!"
Da ergriff Frau M. die Hand ihrer Ärztin, küsste sie verzückt und jubelte: „Frau Doktor, Sie haben mich geheilt! Kein Blutdruck mehr!"
Nur gelernte DDR-Bürger können verstehen, warum eines Tages eine unserer Laborantinnen persönlich den Urinbefund vorbeibrachte. Voller Empörung meinte sie: „Möchte nur mal wissen woher die den Spargel bekommen hat!"
Ja, ja auch Gerüche können Unmut schüren.
Ich blättere weiter im Erinnerungsheftchen. Wieder geht es um eine Urinanalyse. In unserem Wohngebiet lebten seit einigen Monaten junge polnische Arbeiter, die in unseren Betrieben in der Produktion helfen und

sich gleichzeitig weiterbilden sollten. Wenn sie krank wurden, kamen auch sie in unser Ambulatorium. Anfangs war die Verständigung ohne Dolmetscher schwierig. Ein junger polnischer Patient mit einer Nierenbeckenentzündung ärgerte sich, dass die häufigen Urinbefunde keine Besserung anzeigten. Trotz Antibiotikagaben.

Wie ich später erfuhr, sparte er hier in Deutschland auf ein Motorrad und die lange Krankschreibung passte ihm überhaupt nicht.

So kam er eines Tages mit einer Urinprobe, die geradezu unglaublich frei von Bakterien und Eiweiß war. Ich stutzte und glaubte nicht an Wunderheilung. Es brauchte intensiven Nachfragens mit strenger Mine und immer lauter werdender Stimme, bis er endlich zugab, den Urin von einem Kollegen „ausgeborgt" zu haben.

Noch komplizierter war die Diagnosestellung bei einem anderen polnischen Patienten. Er klagte über Bauchschmerzerzen, aber ich fand beim Abtasten keinen Schmerzpunkt, keine Abwehrspannung, nichts.

Meine Frage ob er vielleicht Durchfall habe, stieß auf Unverständnis, bis Schwester Ute eine Klopapierrolle holte und ich mit entsprechenden Gesten vormachte, wie sich ein Durchfall auf der Toilette meist abspielt. Auch das half nicht weiter und zu einer Diagnose.

Ob er vielleicht Erbrechen habe? Ich entwickelte mich zum Laiendarsteller und machte vor, wie man Nahrung in sich hineinstopft und dann wieder von sich gibt. Nein , auch hier alles o. k. Es dauerte noch eine Weile, ehe ich herausfand, was dem Patienten fehlte. Am Ende der Konsultation ging es noch um das Re-

zept. „Mit diesem Rezept gehen Sie in die Passage" (dort befand sich unsere Apotheke, gegenüber der Wohngebietsgaststätte).
„Oh", freute sich der Kranke, „Kneipe Passage? Ja?"
Ich begann erschöpft selbst schon zu radebrechen und antwortete nervös: „Nein, nicht Kneipe, sondern gegenüber Apotheke, verstehen?" Dankbar schüttelte mir der Patient die Hand, führte sie galant an die Lippen und strahlte mich an: „Frau Doktor, Sie sind gut, ich komme wieder!"
Aus dieser Situation heraus entwickelten wir dann einen zweisprachigen Fragebogen, der uns die Diagnostik dann etwas erleichterte.
In der „Passage" befand sich auch unsere Kaufhalle. In der Mittagspause erledigten wir dort oft kleine Einkäufe. So auch unsere Chefin, eine sehr beliebte und geschätzte Zahnärztin. Eines Tages traf sie beim Einkauf eine alte Patientin, der sie vor ein paar Tagen zu einer neuen Prothese verholfen hatte. Freundlich, wie es die Art der Chefin war, fragt sie anteilnehmend: „Nun wie klappt es denn mit dem Kauen?" Freudestrahlend nimmt die Patientin ihre Prothese aus dem Mund und meint: „Prima, Frau Doktor, nur hier drückt es noch etwas, schauen Sie mal!"
Seitdem hat unsere Chefin außerhalb der Sprechstunde nie wieder nach Behandlungsergebnissen gefragt.
Nun sitze ich hier schon den halben Nachmittag und blättere in dem Heftchen. Meine Erinnerungen zeigen mir, dass ich in meinem Beruf als Hausärztin sehr glücklich war. Ich konnte mir nichts Schöneres denken, als mit meinen Patienten und ihrem Leben verflochten zu sein, auch über die Sprechstunden hinaus. Ich spürte ihr Vertrauen. Das half mir, wenn

ich manchmal ihnen nicht mehr helfen konnte. Dann setzte ich mich an das Krankenbett und hielt die Hand des Kranken, manchmal auch die des Angehörigen, und versuchte durch meine Anwesenheit beruhigend einzuwirken. Solche Situationen gehören zu meinem Beruf. Ich musste lernen, sie zu bewältigen und sie machten mir klar, dass ich auch nur ein Mensch und kein Wunderdoktor war.
Wenn ich von solchen Hausbesuchen zurückkam, fragte Schwester Ute nichts. Sie spürte meine Betroffenheit und trug schweigend die Befunde in unsere Karteikarten ein. Oft stellte sie wortlos eine Tasse Kaffee neben meine Akten und wartete, bis ich von allein zu reden begann.
Wir waren ein eingeschworenes Team über viele Jahre. Deshalb traf es mich schmerzlich, als Schwester Ute, während ich zu einer Fortbildung gefahren war, in die Bundesrepublik ausreiste. Ohne mir etwas zu sagen. Sie war einer „alten Liebe“ hinterher gezogen, so sagte man mir.
Jeder Kontakt zwischen uns war von nun an abgebrochen und ich erfuhr nie, wie es ihr ging und ob sie sich in ein neues Arbeitsteam eingefunden hatte.
Von diesem Zeitpunkt an habe ich unser Heftchen nicht weitergeführt und nur noch selten darin geblättert.
Der unerwartete Gruß heute hat mich aus meiner inneren Balance gebracht. Das Lesen der alten Anekdoten wühlt Erinnerungen auf. Vor allem auch den Kummer, dass ich nach der „Wende“ nicht mehr meinen geliebten Beruf ausüben durfte. Es waren andere Zeiten angebrochen und ich passte aufgrund meines Alters nicht mehr hinein.

Anfangs war der Schmerz sehr groß, als ich von einem Tag zum anderen arbeitslos wurde.
Heute, wenn ich selbst als Patient erlebe, wie meine Kollegen gezwungen sind, ihre Patienten danach zu beurteilen, was sie ihnen für „Punkte" einbringen, bin ich froh, dass ich nicht mehr s o denken lernen musste.
Eine Anekdote will ich hier zum Schluss noch einmal lesen, weil sie mich fast in den Ruf eines Wunderheilers gebracht hat.
Eine Aufgabe für mich als Hausärztin war auch, Vorträge über gesunde Lebensweise zu halten. Diese Vorträge gehörten schon als fester Bestandteil zum Programm der regelmäßigen Rentnernachmittage in der „Passage".
Eines Morgens kam ein älterer Mann in unsere Praxis, der offensichtlich heftige Ischiasbeschwerden hatte. Händeringend bat er um eine Spritze, um schmerzfrei zu werden. Ich fühlte mit ihm und beauftragte Schwester Ute, ihm ein bestimmtes, gut wirkendes Medikament in den Gesäßmuskel zu injizieren. Dankend und humpelnd verfließ der Patient das Sprechzimmer.
Als ich am Nachmittag zum Rentnertreff kam und meinen Vortrag halten wollte, staunte ich nicht schlecht, denn meine Ischiaspatient vom Vormittag war einer der eifrigsten Tänzer auf dem Parkett und umwarb mit dem damals sehr beliebten „Ententanz" eine attraktive ältere Dame. Stolz winkte er mir zu und rief über die gesamte Tanzfläche hinweg: „Frau Doktor, Ihre Spritze hat Wunder gewirkt!"
Natürlich wollten danach einige Gäste wissen, was das für ein tolles Medikament sei. Ernst antwortete

ich ihnen, dass ich darüber nicht reden dürfe, weil es sonst nicht wirken würde.
Ach Schwester Ute, ob wir uns in diesem Leben noch einmal begegnen? Wohl kaum, denn ihre Adresse hat sie meiner Kartenschreiberin nicht mitgeteilt.

Der erste Nachtdienst

Der Nachtdienst beginnt zwanzig Uhr. Hanna ist schon viel früher auf die Station gekommen. Die innere Unruhe vor dem ersten nächtlichen Dienst auf der Inneren treibt sie ins Krankenhaus.

Für den Dienstplan ist die Oberärztin zuständig. Als Hanna las, dass sie für die Nacht vom Mittwoch zum Donnerstag alleinverantwortlich eingesetzt wurde, kämpften Schreck und Stolz in ihrem Inneren. Angst vor der Verantwortung, Stolz über das Vertrauen. Nach vier Monaten Ausbildung zum Facharzt meinte der Chefarzt, nun könne sie ihre Feuerprobe bestehen.

Er ist ihr ein strenger Lehrer, bei dem sie in der täglichen Visite gelernt hat, Diagnosen zu stellen, Laborwerte zu bestimmen, eine Therapie anzusetzen.

Hanna hatte begriffen, dass sechs Jahre Studium enorm viel Wissensvermittlung bedeuten. Dieses angelernte Wissen in die Praxis umzusetzen verlangt selbständiges Denken, Verantwortung zu übernehmen und sich dabei bewusst zu sein, dass von der richtigen Diagnose ein Menschenleben abhängt.

Bisher konnte sie ihren Stationsarzt oder die Oberärztin fragen, heute Nacht würde sie allein entscheiden müssen, wenn etwas Unvorhergesehenes geschehen würde.

Im Dienstzimmer trifft sie auf Dr. Meisner, den Stationsarzt. Der lächelt bei der Begrüßung. „Na, Lampenfieber“, fragt er. Hanna nickt.

„Wie geht es Herrn Schubert?“ Herr Schubert hat Magenkrebs im letzten Stadium.

„Es geht ihm sehr schlecht. Vielleicht wird er die Nacht nicht überstehen", antwortet Dr. Meisner. „Sie können ihm nochmal Morphium geben." Das beruhigt Hanna.
Am Nachmittag ist noch eine Patientin mit einer Pneumonie eingeliefert worden. Dr. Meisner berichtet über diesen Fall. Alle notwendigen Maßnahmen sind veranlasst. „Sie schläft, Schwester Sabine weiß mit dem Tropf Bescheid."
Hanna packt das Lehrbuch der Inneren Medizin aus – falls sie nachschlagen möchte. Dr. Meisner bemerkt es verständnisvoll lächelnd: „Sie können mich jederzeit anrufen, wenn Sie heute Nacht einen Notfall haben", nickt er Hanna zu, während er sich verabschiedet.
Jetzt ist Hanna ganz allein. Sie blickt sich im Dienstzimmer um, das ihr inzwischen vertraut geworden ist. Heute wirkt es fremd, bedrückend.
Hanna knöpft den Arztkittel zu, steckt das Stethoskop in die Kitteltasche und geht zum Schwesternzimmer. Schwester Sabine hat Dienst und die Schwesternschülerin Heike. „Nanu, Frau Dr. Wendt, Ihr Dienst fängt doch erst um acht an?" fragt Schwester Sabine. Sie ist die Dienstälteste Schwester der Station mit viel Erfahrung und gutem Kontakt zu den Patienten. Sie und Hanna haben einen guten Draht zueinander. Hanna hat die sachkundige Schwester schon manchmal um Rat gefragt, wenn es um Laborwerte ging und stets verständnisvolle Hilfe bekommen.
„Ich möchte mir den Zugang ansehen, Schwester Sabine, in welchem Zimmer liegt die Patientin?" Die Schwester sagt ihr die Zimmernummer und Hanna öffnet leise die Tür, nachdem sie angeklopft hat. Es ist ein Vierbettzimmer, der Zugang liegt am Fenster.

Hanna nickt den Patientinnen zu, die sie schon kennt und geht dann zum Bett der Frau mit der Lungenentzündung.

Diese schläft unruhig und atmet schwer. Hanna studiert das Blatt mit den Anordnungen von Dr. Meisner, kontrolliert den Tropf und beschließt, die Patientin nicht aufzuwecken.
Dann sieht sie nach Herrn Schubert. Er hat die Augen geschlossen, aber Hanna spürt, dass er nicht schläft. Vorsichtig streicht sie ihm über die Hand. Ein kleines Zucken der Finger ist die einzige Reaktion. Herr Schubert möchte seine Ruhe haben.
Er nimmt wohl schon Abschied, denkt Hanna.
Wieder im Dienstzimmer bereitet sie den Schreibtisch für die Nachtarbeit vor. Sie will die Zeit nutzen, um Abschlussberichte zu schreiben über Patienten, die nach Hause entlassen werden konnten. Im Tagesdienst kommt sie selten zu Schreibarbeiten, die auch zur Aufgabe eines Arztes gehören.
Hanna vertieft sich in die Patientenakten und nimmt sich Zeit, die Krankengeschichten noch einmal zu studieren. Welcher Befund führte zur Diagnose, welche Untersuchungen hatte der Chef veranlasst, welche Therapie angewendet. Hanna hat ein Heft angelegt, in das sie wichtige Hinweise für ihre eigene spätere Tätigkeit einträgt.

Als sie zum ersten Mal ihre Müdigkeit bemerkt, geht es bereits auf Mitternacht zu. Hanna braut sich einen starken Kaffee und setzt sich auf das Sofa, legt für ein paar Minuten die Beine auf die weiche Unterlage und atmet tief durch. Die meisten Berichte hat sie

geschafft und ist dankbar, dass die Nacht bisher so ruhig verlief.
Als hätte sie es herbei gedacht, klingelt das Telefon. Schwester Sabine ruft sie zu einer Patientin, die starke Schmerzen hat. Sie sitzt im Bett, stöhnt und zeigt auf ihren Bauch.
Hanna untersucht die Patientin. Keine Abwehrspannung, aber Klopfschmerz der Nierenlager und Druckschmerz im Unterbauch. Hanna vermutet einen Nierenstein, der im Harnleiter festsitzt und verordnet krampf- und schmerzlösende Spritzen.
Im Arztzimmer ist der Kaffee noch warm, aber Hanna ist nicht mehr müde.
Sie blättert in ihrem Lehrbuch und findet ihre Diagnose bestätigt.
Gegen Morgen meldet Schwester Sabine, dass Herr Schubert wohl im Sterben liegt.
Hanna geht zu seinem Zimmer. Da steht schon die Schwesternschülerin verängstigt am Bett und weiß nicht, was sie tun soll. Einen Sterbenden hat sie bisher noch nicht erlebt.
Hanna nickt ihr beruhigend zu und streicht Herrn Schubert über die Stirn. Der Patient hat die Augen geöffnet und schaut an die Zimmerdecke. Seine Atmung ist flach, zwischen den Atemzügen liegen lange Pausen.
Hanna schickt Heike auf die Station zu Schwester Sabine, die nun die Morgenarbeit beginnt. Waschen, Betten machen, Medikamente und Spritzen verteilen.
Hanna setzt sich zu Herrn Schubert an das Bett und hält seine Hand. Natürlich ist das nicht die Aufgabe eines Arztes. Aber sie hat jetzt Zeit. Und sie ist dankbar, dass ihr erster Nachtdienst so ruhig verlaufen ist.

Nach einigen Minuten hört der Sterbende auf zu atmen.
Hanna nimmt ihr Stethoskop und hört sein Herz ab. Es hat aufgehört zu schlagen.
Wir konnten nicht helfen, aber lindern – denkt Hanna.
Sie sagt Schwester Sabine Bescheid, dass sie Herrn Schubert zum letzten Mal waschen kann.
Dann geht sie wieder ins Dienstzimmer und wartet auf ihre Ablösung. Heute braucht sie erst zur Spätschicht wieder im Dienst zu sein. Aber ob sie nun schlafen kann?

Nächtliche Störung

Das Telefon läutet um 3 Uhr in der Nacht.
Leise verlässt die Frau ihr Bett, öffnet die Schlafzimmertür und läuft zum Telefon, das auf dem Flur steht. Wie immer bei solchen nächtlichen Anrufen verwünscht sie ihren Entschluss, einen Arzt zu heiraten, der unbedingt die Praxis seines Vaters übernehmen wollte, die sich in einem Dorf im hintersten Winkel Thüringens befand.
Seit drei Jahren lebt sie nun als Frau des Dorfarztes hier in Höllenbach, hilft ihrem Mann in seiner Praxis – schließlich ist sie Sprechstundenschwester – kennt die meisten Patienten persönlich und liebt es, wenn ihr Mann abends müde, aber glücklich von seinen Hausbesuchen zurückkommt.

Wenn aber die Dorfbewohner der Meinung sind, ihr Doktor muss auch nachts für ihre Probleme zur Verfügung stehen, würde sie am liebsten jedem Anrufer klar machen, dass sie das unverschämt findet. Was sie natürlich nicht tut.
Auch heute nicht. Sie hebt den Hörer ab und wird sofort von einem männlichen Anrufer aufgeregt angeschrien: „Kann ich unbedingt gleich den Doktor sprechen, meiner Susi geht es schlecht."
„Wer ist denn am Telefon?" fragt Frau Lehmann, die Arztfrau.
„Hier ist Köhler. Der Herr Doktor kennt meine Susi!"
„Und was ist mit ihrer Susi?" fragt die Arztgattin.
„Sie hat Fieber, macht die Augen nicht mehr auf und zuckt so komisch mit den Beinen!"

Jetzt wird Frau Lehmann hellhörig. Vielleicht ein epileptischer Anfall? „Bleiben Sie am Telefon, Herr Köhler, ich hole meinen Mann!"
Der Doktor kommt schon gähnend aus dem Schlafzimmer und erkundigt sich nach dem Anrufer.
„Ein Herr Köhler. Er ruft wegen seiner Frau an."
Dr. Lehmann nimmt den Hörer und hört sich den aufgeregten Herrn Köhler an. „Fieber, Krampfanfall?" Der Doktor fragt, ob die Patientin etwas zu sich genommen oder getrunken hat. Die Antwort verblüfft ihn sehr.
„Gefressen hat Susi nicht, aber einen ganzen Napf ausgesoffen."
Gefressen? Gesoffen? „Reden Sie von Ihrer Frau, Herr Köhler?"
„Aber wie kommen Sie denn darauf, Herr Doktor? Susi ist doch mein Schwein!"
„Und warum rufen Sie mich wegen Susi an?"
„Na, weil Sie Susi doch kennen! Sind Sie denn nicht der Tierarzt?"
„Nee, ich heiße Lehmann und der Kollege Tierarzt heißt Leitmann! Sie haben in ihrem Telefonbuch die Namen verwechselt."

Täubchen

Unsere neue Wohnung war ein Traum!
Drei große, helle Zimmer, Küche mit Fenster, und ein Balkon. In den wir uns sofort verliebten. 8,50 Meter lang, in Höhe der Baumwipfel. Zwischen uns und dem nächsten Block viele Bäume auf einer Wiese. Die Balkonseiten rechts und links waren mit gelben gewellten Plastikplatten verschalt, so dass der Wind abgebremst wurde.
Wir kauften Balkonmöbel, einen kleinen Tisch und zwei bequeme Stühle, dazu sechs Blumenkästen, eine große Kübelpflanze und richteten uns wohnlich auf unserem Freiluftzimmer ein.
Für ein Frühstück im Freien war es zu zeitig. Meine Sprechstunde begann um sieben Uhr. Aber nachmittags, nach den Hausbesuchen, genossen wir eine gemütliche Kaffeestunde. Am schönsten war es am Abend, wenn es dunkel wurde, aber noch warm war. Dann konnten wir den Fernsehturm von weitem sehen und seine regelmäßigen Blinkzeichen wahrnehmen.
Im zweiten Sommer verkleidete mein Mann die Plastikseiten mit Holz, naturfarben und wetterfest lackiert. Nun wirkte der Balkon noch wohnlicher.
Freunde, die uns besuchten, waren begeistert von den handwerklichen Künsten meines Mannes. Das erfüllte ihn mit Stolz! Natürlich auch das Lob für die Blumenkästen mit Geranien in verschiedenen Farben. Zu meinem Glück übernahm mein Hobbygärtner auch die Pflege der Blumen, denn ich war nach dem anstrengenden Dienst froh, wenn ich im Liegestuhl die Beine ausstrecken und ausruhen konnte.

Als wir im dritten Jahr an den ersten warmen Frühlingstagen den Balkon wieder wohnlich einrichteten, hatten wir das Gefühl, beobachtet zu werden. Nicht von den Fenstern gegenüber, sondern ganz aus der Nähe. Ab und zu vermeinten wir ein leises Geräusch zu hören, das wie ein Gurren klang. Wenn wir uns aber bewegten, war nichts zu bemerken.
Mein Mann konnte nicht mehr so gut hören, aber ich kreiste bei meiner Geräuschpirsch die Stelle ein, von der das Gurren kam. Ich rückte die große Kübelpflanze an der Schmalseite rechts von ihrem Fleck und sah zu meinem Erstaunen zwischen der Holzverkleidung und der Plastikwand eine Taube, die sich ganz flach an den Boden drückte und mich mit einem Auge musterte. Ich rief meinen Mann zu mir, der verwundert fragte, was die Taube auf unserem Balkon zu suchen habe. „Scheuch sie weg!" war seine Reaktion und ich befolgte brav seine Anordnung und klatschte in die Hände. Sofort verschwand die Taube durch einen Spalt in der Balkonverkleidung. Doch zurück blieb ein kleines Ei, das nur auf ein paar unordentlich zusammengefügten Zweigen lag. Keine Polsterung mit Federn oder anderem weichen Material. Die Taube brütete also. In mir regte sich sofort mein mütterliches Gefühl und ich erklärte meinem Mann, dass ich es nicht übers Herz bringen würde, das Ei vom Balkon zu werfen. Darauf kam es zu einer längeren, sagen wir mal, Diskussion, in der ich mich schließlich durchsetzte.
Meine Argumente waren: Die Taube stört uns doch nicht und es sei auch sicher interessant zu beobachten, wie aus dem Ei ein kleines Täubchen schlüpft. Und wenn es dann flügge ist, beseitigen wir das Nest

und verstopfen den Zwischenraum hinter dem Kübel. Mein Mann war skeptisch, aber was sollte denn schon passieren?
Ich schob den Kübel wieder vor das Nest und schon bald merkten wir, dass die Taube zum Nest zurückkam.
Natürlich legte ich in den nächsten Tagen Brotkrümel, Haferflocken und Reiskörner in die Nähe der Taube. Abends war nichts mehr davon da. Bald merkten wir, dass das Ei zwei Eltern hatte, die sich ablösten im Brutgeschäft. Die eine Taube, sicher der Vater, gurrte laut, wenn er anflog. Das war aber auch das Einzige, was uns hätte stören können. Aber mein Mann hörte schlecht und ich fand das Gurren schön.
Wir gewöhnten uns schnell an unsere Mitbewohner, nur hin und wieder warf ich einen Blick auf Mutter und Ei und verpasste deshalb den Tag, an dem aus dem kleinen Ei eine kleine Taube schlüpfte. Die Eltern hatten sich inzwischen an uns gewöhnt. Nun flogen sie ganz ohne Scheu im Wechsel zum Nest, um ihr Kind zu füttern. Ich ließ sie in Ruhe, zumal auch Regentage verhinderten, dass wir auf dem Balkon sitzen konnten.
Eines Tages war das Gurren sehr aufgeregt. Ich ging zum Kübel und sah vor der Holzverkleidung ein Taubenkind, das wie seine Eltern aussah, nur eben kleiner. Graues Federkleid, metallisch grüner Halsschmuck, an den Flügelspitzen und am Schwanz schwarze Spitzen. Es musterte seine Umgebung, während die Mutter aufgeregt um sie herumlief.
Schnell ging ich wieder ins Zimmer und sagte meinem Mann, dass unsere Untermieter nun bald verschwinden würden.

Doch ich hatte nicht mit der Neugier unserer Minitaube gerechnet. Sie machte immer weitere Ausflüge auf dem Balkon, aber nur, wenn wir nicht draußen waren. Eine gute Freundin, die uns besuchte und der wir hinter der Gardine die Taube zeigten, fragte, wie wir sie denn nennen würden. Darüber hatten wir noch nie nachgedacht und blickten uns fragend an. „Nennt sie doch Juliane“, meinte die Freundin. Ich musste lachen. „Wir wissen doch gar nicht, ob es eine Sie oder ein Er ist!“ „Das ist der Taube doch egal“ war die Antwort. Ich fand den Namen Juliane für eine Taube bescheuert, ließ mich dann aber auf „Julchen“ ein.
Julchen übte in der nächsten Zeit das Laufen, aber leider nicht das Fliegen. Wir sahen durchs Fenster, wie sie ständig 8,50 Meter hin und zurück lief und dazu die ruckartigen Kopfbewegungen machte, wie ihre Eltern auch. Wenn sie genug gelaufen war, ließ sie sich im Nest von ihren Eltern füttern.
„Die hat aber ein schönes Leben“, meinte mein Mann. Ich musste ihm zustimmen, zumal ich feststellte, dass das Futter für Julchen sehr nahrhaft war. Sie hatte eine gute Verdauung und hinterließ auf dem Balkon in ganzer Länge weiße Kleckse. Mein Mann grinste, wenn er mich mit einem alten Lappen auf dem Balkon bei der Beseitigung der Verdauungsrückstände von Julchen beobachtete. „Na, stört Dich die Taube noch immer nicht?“
Ich verkniff mir eine Antwort. In den nächsten Tagen stellte ich fest, dass Julchen keine Ahnung von Sauberkeit hatte. Bei ihrem Lauftraining latschte sie durch ihre Exkremente und schmückte das Linoleum mit interessanten Mustern. Dass sie laufen konnte, konnte ich bestätigen. Aber fliegen wollte sie absolut

nicht. Die Mutter saß ständig auf der Balkonbrüstung lockte sie mit lautem Gurren, aber Julchen dachte gar nicht daran zu fliegen. Auf dem Dach gegenüber saß der Vater und rief seine Tochter. Nichts passiert. Schließlich verlor ich die Geduld. Ich scheuchte Julchen in die Nestecke, packte sie mit beiden Händen und warf sie in die Luft. Und hurra, Julchen breitete die Flügel aus, konnte sie auch gut bewegen und landete neben ihrem Vater auf dem Dach.

„Jetzt brauche ich einen Schnaps", rief ich meinem Mann zu und er brachte für uns beide einen großen Weinbrand.

Nie wieder hat eine Taube auf unserem Balkon genistet. Dafür haben wir sofort gesorgt.

Ich hatte dieses Taubenerlebnis schon vergessen.

Inzwischen bin ich nach dem Tod meines Mannes in eine kleinere Wohnung gezogen. Sie hat leider keinen Balkon. Wichtiger war: klein und bezahlbar. Ich fühle mich hier sehr wohl, schon seit mehr als zwanzig Jahren.

In diesem Frühling geschah etwas Unerwartetes. Ich saß beim Frühstück und hörte plötzlich ein lautes „Ruckedigu" vor meinem Fenster. Da befindet sich aber nur ein metallbeschlagenes Fensterbrett. Also glatt und rutschig, vor allem bei Regen.

Ein offensichtlich schwerverliebter Täuberich führt auf dem glatten Untergrund ein Tänzchen auf. Etwas entfernt sitzt eine Täubin und guckt ihm skeptisch zu.

Jetzt setzt sich der Tauber hin, um seiner Angebeteten zu zeigen, dass hier ein Nest gebaut werden könne.

Wie knapp der Platz ist, erlebe ich gleich, denn am Fenster sehe ich seinen Schwanz, der sich wie ein

Fächer aus Federn an das Glas drückt. Das überzeugt die Taube wohl nicht, sie gurrt keinen Ton, sondern fliegt davon, der Liebhaber hinterher.
Ich öffne das Fenster und sehe ein paar kleine, kahle Zweiglein auf dem Fensterbrett liegen, die ein Nest andeuten sollen. Kommt mir sehr bekannt vor.
Ich erinnere mich an die ärmlichen Zweige auf denen Julchens Mutter brütete.
Um Himmels willen, nicht noch einmal so ein Drama! Sofort wische ich die Zweige vom Fensterbrett und hoffe, dass der Tauber merkt, dass sein Werk vom Brett abrutschen würde.
Jedoch trifft auch auf ihn zu: Liebe macht blind. Jeden Tag das gleiche Spiel.
Er bringt neue Zweige, tanzt und gurrt, ich verjage ihn, indem ich ans Fenster klopfe und dann die Zweige entferne.
Fast eine Woche lang dauert dieser ungleiche Kampf, dann gibt er auf.
Vielleicht doch ganz gut, dass ich keinen Balkon habe. Sonst bekäme ich womöglich eine Taubenallergie.

Hilfe, bei mir piept's!

Ehrlich, Leute, bis vor kurzem war ich fest davon überzeugt, dass es für alles, was man so täglich erlebt, eine ganz natürliche Erklärung gibt. Wenn mir jemand sagte, dass es zwischen Himmel und Erde – na, ihr wisst schon – also, da habe ich nur mit dem Kopf geschüttelt über so viel Unsinn.

Bis mir vor zwei Wochen folgendes passierte:

Ich schließe meine Wohnungstür auf, will den Mantel an die Garderobe hängen, da piept es ganz laut aus dem Schrank – kurz, aber intensiv.

Ich zuckte zusammen und suchte nach der Ursache. Schon wieder piept es. Aber jetzt kam das Geräusch von der Deckenlampe. Wenigstens kam es mir so vor. Nur, wie sollte das gehen? Ich ging ins Wohnzimmer und wollte meine Handtasche abstellen. Da piepte es schon wieder, nicht ganz so laut, aber deutlich. Erst dachte ich, es seien die Heizungsrohre, jedoch der Piepton kam vom Sofa, das konnte ich ganz sicher hören.

Jetzt wurde ich unsicher. Ob ich irgendeine Strahlungsquelle an meiner Kleidung habe, die solche Töne auslöst?

Man, bist du blöd, sagte ich mir, denn so etwas gibt's ja gar nicht. Ich ging in die Küche, um mir einen Tee aufzubrühen. Kaum gieße ich das kochende Wasser auf die Teebeutel, hätte ich mich fast verbrüht. Denn jetzt kommt wieder so ein schriller Ton – irgendwo aus dem Mülleimer.

Mir wurde ganz komisch zumute. Ich überlegte, ob der Tag vielleicht zu stressig war?

Vielleicht bin ich übermüdet und höre Gespenster? - So ein Quatsch, die sieht man vielleicht, aber hört sie doch nicht!
Jetzt wollte ich es wissen! Ich zog mir die Kleidungsstücke vom Leib. Wollen doch mal sehen, ob sich an ihnen irgendetwas befindet, das meine Wohnung zum Piepen bringt.
Ein Glück, dass niemand sehen konnte, wie ich jetzt nackt und bloß vom Schlafzimmer zur Toilette schlich. Und fast erstarrte! Es piepte ganz zart im Schlafzimmer und ziemlich forsch in der Toilette. Also, in allen Räumen. Ich knipste die Lampen aus – es half nichts. Auch im Dunkeln wurde ich nicht erlöst. Wer auch immer diese Töne von sich gab, er brauchte dazu kein Licht. Ich beschloss, einfach so zu tun, als ob nichts sei, aß mein Abendbrot, guckte noch ein bisschen in die Röhre und ging schließlich schlafen. Egal, ob ich ganz still saß oder ob ich mich bewegte – selbst dann im Bett, unregelmäßig regelmäßig hörte ich das Gepiepse. Immer nur einmal kurz, mal laut, mal leise. Ich konnte zum Glück trotzdem einschlafen.
Am nächsten Tag dasselbe Spiel. Ich überlegte, wen ich fragen könnte, ohne mich lächerlich zu machen. Vielleicht den Hausmeister?
Aber was sollte ich ihm sagen? Bei mir piept's?
Zum Glück wollte mein Bruder in diesen Tagen zu Besuch kommen. Immer im November treffen wir uns bei mir und machen Berlin unsicher. Mein Bruder lebt auf einem Dorf bei Leipzig und er war in seinem Arbeitsleben Spezialist für die Bekämpfung tropischer Pflanzenschädlinge. Wenn er von seinen Erfahrungen mit maikäfergroßen Kakerlaken erzählte, die bei seinem Einsatz in Kuba am Abend auf seinem Kopfkissen

saßen und ihm mit ihren langen Fühlern „zuwinkten", schüttelte es mich noch jetzt bei dieser Vorstellung. Prima, er wird sicher rausfinden, wer da bei mir piept. Und wirklich – kaum hörte er die kurzen, schrillen Töne, da wusste er schon die Lösung. Das sind Heimchen, also Grillen, meinte er, die offensichtlich bei dir überwintern wollen. Jetzt, wo er es sagte, erkannte ich auch die schrillen Töne.

Natürlich, so ähnlich hörte es sich an, wenn im Sommer die Grillen im Garten zirpen. Ich war beruhigt und freundete mich sogar mit meinen Untermietern an. Eigentlich doch ein schönes Gefühl, so freundlichen Insekten ein Winterquartier zu geben. Ich fand es nur ein bisschen komisch, dass sie offensichtlich in Familienstärke bei mir eingezogen waren und jede ein Zimmer für sich ausgesucht hatte.

Mein Bruder fuhr wieder nach Hause und ich wartete manchmal schon auf das grillige Piepsen, das inzwischen seltener geworden war. Wahrscheinlich gab es nicht genug zum Fressen hinter meinen Schränken.

Ich machte mir sogar einen Spaß daraus, wenn ich mit Bekannten zusammensaß und ihnen erzählte, dass und warum es bei mir piept.

Bis heute früh eine gute Freundin bei meinem Bericht ganz aufgeregt erzählte, dass sie genauso eine Situation vor einem Jahr erlebt hatte. Sie ist damals auch von Zimmer zu Zimmer und von Steckdose zu Steckdose gerannt, weil sie dachte, das Piepen käme von dort. Der Hausmeister hat sie dann aufgeklärt. Der Rauchmelder, den sie sicherheitshalber in ihrer Wohnung angebracht hat, meldet sich auf diese Weise, wenn die Batterie zu schwach wird. Ich habe ihr entrüstet geantwortet, dass ich ja gar keinen Rauchmel-

der besitze, sondern, dass ich freundliche Heimchen beherberge, an die ich mich schon gewöhnt habe.
Und dann fiel mir zu Hause ein, dass ich vor vielen Monaten an der Wohnungstür von einem netten Händler einen Rauchmelder gekauft habe, den ich in meinem Kleiderschrank auf dem Flur abgelegt hatte, weil ich nicht wusste, wie ich ihn anbringen könnte. Also habe ich den Schrank durchwühlt und endlich das „Corpus delicti" gefunden. Die Batterie lies sich nur schwer entfernen – sie war schon etwas ausgelaufen. Und, was soll ich sagen? Es piept nicht mehr. Fast bin ich ein bisschen traurig. Der Gedanke an die Heimchen war mir schon lieb geworden. Schade – nun ist es wieder ganz still in der Wohnung.
Ich habe mir nun fest vorgenommen, einen Rauchmelderspezialisten zu fragen, wie das Gerät es fertig bringt, aus dem Kleiderschrank heraus Pieptöne in alle Räume der Wohnung zu versenden.
Und ich freue mich schon auf das nächste Telefongespräch mit meinem Bruder. Schade, dass ich sein Gesicht nicht sehen kann, wenn ich ihm von den batteriebetriebenen Grillen berichten werde!

Ein Burnout und seine Folgen

Die Stunden bei der Psychotherapeutin verliefen völlig anders, als ich erwartet hatte. Nach meinem Burnout war ich der Meinung, dass sie mir sagt, was ich nun tun soll.
Aber nein, ich musste Fragebögen mit hunderten von Fragen ausfüllen und dabei herausfinden, was in meinem Leben schief gelaufen ist. Nach mehreren Sitzungen stellte ich fest, dass mein Selbstvertrauen auf schwachen Füßen steht und ich deshalb immer zu spät etwas Neues begonnen habe.
Angefangen hatte es mit einer schweren Erkrankung, die stationär in einer Klinik behandelt werden musste und ich dadurch viel Schulunterricht verpasste. Doch ich wollte auf keinen Fall die 9. Klasse wiederholen, vor allem nicht wegen Mathematik.
In der Klinik faszinierte mich der Beruf der Krankenschwester, den ich nun erlernen wollte. Drei Jahre Ausbildung in Jena, danach Arbeit in Naumburg, meiner Heimatstadt, in der Kinderklinik.
Doch schnell merkte ich, dass das nicht mein Wunschberuf ist und es auch nicht werden würde.
Was könnte ich wirklich gern machen? Etwas mit Musik? Aber wo kann ich ohne Abitur Musik studieren? Die Kirchenmusikschule Halle nahm mich an. Doch ich war bereits über zwanzig Jahre alt. Klavierstunden hatte ich mal gehabt und nun sollte ich Orgelspielen erlernen? Wo man auch noch mit den Füßen Melodien treten muss?
Nun ja, nach zwei Jahren schaffte ich die erste Prüfung, die Nummer C. Es gibt auch noch B und A.

Anschließend lebte ich zwei Jahre lang auf einem Dorf, begleitete den Gottesdienst auf der Orgel und gab vor allem den Dorfkindern Religionsunterricht.
Zum Glück bekam meine Schwester, die auf der Sporthochschule in Leipzig studierte, ein Kind. Sie bat mich, wieder in meine Heimatstadt zurückzukommen, um ihr bei der Betreuung ihrer kleinen Tochter zu helfen.
Also wieder Dienst in der Kinderklinik, Versorgung meiner Nichte und nebenbei Abendoberschule. Nach vier Jahren bestand ich das Abitur. Bewerbung an der medizinischen Fakultät in Halle, Ablehnung, da ich mit meinen dreißig Jahren zu alt war!
Und so wollte ich auf politischer Ebene nachhelfen. Leider fiel mir außer dem Gewerkschaftsbund nichts zu meiner Unterstützung ein, bis auf den Vertreter der „Tribüne“, den ich kürzlich auf einer Gewerkschaftsschulung kennengelernt hatte.
Er war bereit mir zu helfen und gemeinsam schafften wir, er durch seine Kenntnisse, wer für eine politisch Naive, wie ich es war, am besten politischer Fürsprecher sein konnte, und ich durch mein unerschütterliches Vertrauen zur Gewerkschaft und ihrem Vertreter, dass ich angenommen wurde und mit etwas Verspätung das erste Semester beginnen konnte.
Ich war dreißig Jahre alt, meine Kommilitonen achtzehn. Bald wurde mir schmerzlich bewusst, dass ich zehn Jahre zu spät mit dem Studium begonnen hatte. Bis zum Vorphysikum musste ich mich sehr anstrengen, danach war ich im Vorteil durch mein Fachwissen als ehemalige Krankenschwester.
Das Studium schloss ich mit „gut“ ab und kurz danach auch meine Dissertation. Die ich über ein für

mich ungewöhnliches Thema zur Geschichte der Medizin anfertigte.
Ein Häftling im Konzentrationslager Buchenwald erwarb im Auftrag seiner Partei medizinische Kenntnisse, um viele seiner Kameraden zu operieren und ihnen damit das Leben retten zu können.
Dass mir bei dieser Arbeit wieder der Gewerkschafter half, war kein Zufall. Wir hatten inzwischen geheiratet. Auch er war im KZ Buchenwald inhaftiert gewesen und so lernte ich viele seiner Freunde kennen. Auch Bruno Apitz. Als der meine Doktorarbeit gelesen hatte fragte er mich, ob ich nicht weiter schreiben will, ich hätte doch dafür eine gewisse Begabung.
Mir reichten aber fürs erste die Facharztausbildung zum Allgemeinmediziner und mein Beruf, der mich sehr forderte und den ich liebte.
Über zwanzig Jahre später wurde er mir weggenommen. Ich wurde arbeitslos und zur gleichen Zeit starb mein Mann.
In den zwanzig Jahren unserer Ehe hatte ich aber umfangreiche Kenntnisse in ehrenamtlicher Tätigkeit erworben. Ich arbeitete in der Volkssolidarität, leitete eine Seniorenakademie und einen Seniorenchor, den ich aufgebaut hatte.
So war ich zwar arbeitslos, hatte viel zu tun aber trotzdem auch Zeit.
Eigentlich schade, dachte ich, um all die schönen Erlebnisse mit den Senioren auf den verschiedensten Gebieten, die nach mir niemanden mehr interessieren würden.
Und so habe ich die Feder zur Hand genommen.

Was gehört zu einem zufriedenen Leben?

Eine Familie. Der Beruf. Natürlich eine schöne Wohnung. Wenn man Glück hat, ein interessantes Hobby. Und das nötige Geld. Das wird mir jeder bestätigen! Wenn er ein Mann ist!
Aber ich bin eine Frau. Und die hat noch ganz andere Probleme. Ich wette, dass die meisten Frauen wissen, was ich meine. Eine Frau muss gut aussehen. Das heißt, sie muss eine gute Figur haben, damit sie eine gute Figur macht. Damit sie sich nach der Mode kleiden kann. Damit beginnt ein lebenslanger Kampf.

Jedenfalls ging mir das so, bis heute. Und das seit 40 Jahren. Nie hatte ich eine ideale Figur. Immer war ich zu klein für mein Gewicht! Das liegt natürlich an meinen ererbten Genen aus der mütterlichen Linie. Und daran, dass meine Knochen zu stark sind. So erklärte ich das meinem Umfeld.
Haben Sie schon mal erlebt, dass eine Frau zugibt, dass sie gern isst? Und dass ihr alles schmeckt, was dick macht?
Als ich einsehen musste, dass ich schnellstens etwas tun muss, begann ein täglicher Kampf. Zuerst schaffte ich mir eine Kalorientabelle an und eine Briefwaage.
Ich kann jedem, den es interessiert, erzählen, was wie viele Kalorien hat.
Dann rieten mir gutgesinnte Freundinnen zur ersten Diät. FdH – Sie wissen was das bedeutet. Ich erreichte nie das gewünschte Ziel. Aber ich lernte die ver-

schiedensten Diäten kennen. Obst-Diät, Eiweiß-Diät, Hollywood-Diät.
Viel Fleisch, wenig Kohlehydrate. Danach erfuhr ich, dass besser sei, Kohlehydrate, aber kein Fleisch. Eierdiät war ziemlich schwer verdaulich.
Dann statt FdH – FdR (iss das Richtige!) Aber was ist das Richtige?
Mein Kühlschrank könnte ein Buch darüber schreiben, wenn er schreiben könnte.
Er merkte an den unterschiedlichen Einkaufsergebnissen, welche Diät ich gerade versuchte. Auch in den Medien kann man lernen, was gerade Mode ist! Gut geformte Damen zeigen, wie sie aussahen, ehe sie XLS-Medical kennen lernten.
Und ein bekannter Prominentenfriseur erklärte, dass Jokebe „köstlich“ schmeckt und bestens wirkt. Tabletten werden angeboten, mit denen man alles essen kann, was einem schmeckt, denn sie saugen das Fett aus den Mahlzeiten. Toll!
Liebe Leute – ich habe fast alles ausprobiert. Ich hatte sogar Erfolge. Aber der JoJo-Effekt gehört ebenfalls zu meinem Leben. Nun schon vierzig Jahre lang!

Ich kratze die Butter aufs Brot.
Ich dünste Gemüse ohne Fett.
Ich esse Geflügel statt Schweinefleisch.
Ich trinke den Kaffee ohne Sahne.
Statt Nuß-Schokolade gibt es einen Riegel Herrenschokolade mit 80% Kakaoanteil.
Das Leben wird von Kalorienzählungen dirigiert, d.h. es wurde, bis heute.
Eben war ich bei meinem Hausarzt. Und wissen Sie, was der mir gesagt hat?

Die Medikamente, die mir der Cardiologe gegen den hohen Blutdruck verschrieben hat und auch das Mittel gegen meinen Diabetes haben die Eigenschaft oder besser die Nebenwirkung, dass ich zunehme. Ich solle mich also nicht wundern, dass ich seit längerem keine Erfolge beim Kalorienzählen habe. Absetzen darf man sie aber nicht.
Erst war ich voller Wut. Warum hat mir das bisher niemand gesagt?
Jahrelange Bemühungen umsonst. Immer ein schlechtes Ess-Gewissen, ohne dass ich schon gar nicht mehr die Tage verbrachte.
Aber nun habe ich beschlossen: Schluss mit den Diäten! Keine Kalorienzählung mehr!
Ich esse ab sofort, was mir schmeckt und genieße meine Mahlzeiten und mein Leben. Jawoll!

Letzter Versuch

Mir war klar: So kann es nicht weitergehen!
Mein Jeansrock – im vergangenen Sommer hatte er doch noch gepasst! Jetzt stand ich vor meinem Spiegel im Flur und versuchte verzweifelt, den Rock über die Hüften zu streifen. Leider ohne Erfolg.
Natürlich – ich hatte ihn bestimmt zu heiß gewaschen und er war eingegangen!
Ich zog und zerrte. Noch bekam ich den Reißverschluss zu. Aber der Anblick meines Spiegelbildes war grauenvoll!
Ich betrachtete meine Problemzonen und bemühte mich, meine innere Stimme zu überhören, die statt Problemzonen gemeinerweise von Rettungsringen sprach!
Also – es musste etwas passieren. Mein Entschluss stand fest. Aber was? Wieder Diät? Die wievielte würde es sein?
Gezählt habe ich sie schon lange nicht mehr.
Ich weiß, das „FdH“ nicht mehr „in“ ist, sondern „IdR; das bedeutet: Iss das Richtige!“
Also Quark statt Wurst, Salatteller statt Spaghetti. Mein kummergewöhnter Körper freut sich über jede Scheibe Knäckebrot und jeden Zwieback und wird sich daran klammern für den Fall, dass es noch schlimmer kommen würde. Von wegen abnehmen – denkste!

Bleibt also nur mehr Bewegung. Doch was passt zu meinem Alter? Schwimmen? Kann ich nicht. Radfahren? Das letzte Mal habe ich, glaube ich, vor 30 Jahren auf einem Fahrrad gesessen.

Joggen? Ich mache mich doch nicht zum Affen!
Also Walking! Nordic-Walking, das ist's!
Es muss ja niemand mitkriegen. Irgendwie wäre mir das peinlich, wenn die Leute hier im Wohngebiet lachen würden: Na, nun will sie wohl doch mal was gegen ihr Übergewicht tun!
Habe ich nicht gerade einen Katalog im Briefkasten gehabt, in dem Stöcke für das Nordic-Walking angeboten wurden?

Es dauerte keine Woche und ich hatte das schmale Paket mit den Wanderstöcken im Haus.
Ich übte vor dem Spiegel, aber richtig sah es noch nicht aus. Also kaufte ich zwei interessante Bücher, die Anleitung für die geplante Freizeitbeschäftigung versprachen. Dem Verkäufer sagte ich, dass ich sie meinem Enkel schenken wolle. Er fand das anerkennenswert!
Jeden Morgen um sechs Uhr klingelte nun der Wecker und riss mich aus meinen Träumen. Ich schlich durch den Hinterausgang, zünftig im Trainingsanzug und mit meinen Stöcken, immer darauf bedacht, dass mich niemand sehen sollte.
Zum Glück liegt hinter unserem Haus eine Kleingartenanlage, deren Wege sich gut zum Laufen eigenen. Um diese frühe Zeit lagen die Kleingärtner noch in ihren Betten. Nur eine Hundebesitzerin traf ich jeden Morgen, deren zwei große Schäferhunde mich nach ein paar Tagen nicht mehr interessant fanden, so dass ich unbeknurrt an ihnen vorbeikam.
Eigentlich hatte ich gehofft, dass mir das Walken mit der Zeit Freude machen würde. Aber die stellte sich nicht ein, ganz im Gegenteil. Wenn ich nach dem We-

cken aus dem Fenster sah und es regnete, drehte ich mich glücklich im Bett um und schlief noch eine Runde. Außerdem fand ich ausgesprochen deprimierend, dass die Digitalanzeige meiner Waage keine Anstalten machte, sich wenigstens ein bisschen nach unten zu bewegen.

Also lief ich weiter, aber nur aus Einsicht in die Notwendigkeit, wie ich mal gelernt hatte. Auch am vergangenen Montag.

Ich war erst ein paar Meter gelaufen, da hörte ich unsere Haustür erneut zuschlagen.

Erschrocken blickte ich mich um und sah den jungen Mann aus dem Haus kommen, der seit einigen Wochen in die Wohnung über mir eingezogen ist.

Himmel, war mir diese Begegnung peinlich! Was würde er von einer Oma mit Walking-Stöcken und im Trainingsanzug denken, die da vor ihm durch die Gärten lief?

Ich beschleunigte meine Schritte und versuchte, in einem Seitenweg zu verschwinden. Dabei achtete ich natürlich nicht auf den Weg und auf die Baumwurzel vor mir, stolperte, verlor das Gleichgewicht, verhedderte mich in meinen Stöcken und fand mich mit verstauchtem Fußgelenk auf der Erde. Nur gut, dass ich noch ziemlich nahe bei unserem Haus war. Am Arm meines neuen Nachbarn humpelte ich zurück und bedankte mich verlegen und kleinlaut für seine Hilfe.

Der Arzt, der später meinen geschwollenen Fuß abtastete, stellte eine intensive Bänderzerrung fest und verordnete strenge Ruhe für den Fuß und kühlende Umschläge. Bestimmt hat er sich gewundert, warum ich so fröhlich aus seiner Praxis hinaus gehumpelt war!

Meine Laufstöcke stehen jetzt in der Besenkammer und werden wohl im Keller landen. Und wenn mein Fuß wieder in Ordnung ist, kaufe ich mir einen neuen Jeansrock, eine Nummer größer! Sicherheitshalber!

Kiezgeschichte

Das alte Gebäude liegt an einer Hauptverkehrsstraße in unserem Kiez. Die breiten Stufen zum Eingang haben Risse. An ihren Schmalseiten bröckelt das harte Material auf die kleine Nebenstraße. Zwischen den gelben Fliesen vor der glänzenden Eingangstür drängen sich Löwenzahn und Gräser aus den Fugen und verstärken den Eindruck, dass hier schon lange niemand mehr seinen Fuß hingesetzt hat.
Wie Dornröschens Schloss ist das lang gestreckte Gebäude zugewuchert. Verwilderte Sträucher reichen fast bis zur ersten Etage herauf. Niemand blickt mehr aus den Fenstern auf die belebte Straße, sieht die eilenden Menschen, den hektischen Autoverkehr und beobachtet das Geschehen am Taxistand vor dem Haus.
Die ehemaligen Heimbewohner sind längst umgezogen in ein neues Haus, nur wenige hundert Meter weiter entfernt. Auf der gegenüber liegenden Straßenseite überragt das Seniorenheim „Abendsonne“ in strahlendem Gelb die Dächer der davor stehenden Einkaufspassage. Viele alte Menschen verbringen hier ihren liebevoll behüteten Lebensabend. Mit den Mitarbeitern und den Heimbewohnern verbindet mich ein, schon fast freundschaftliches, Verhältnis. Über 40 Jahre lang, auch schon beim Vorgänger, war das ein Teil meines Lebens.
Nach dem Studium wurde ich als Ärztin in Berlin heimisch. Ich begann meine Arbeit im Ambulatorium ganz in der Nähe des Feierabendheimes. Damals war es üblich, dass staatliche Einrichtungen innerhalb ei-

nes Wohngebietes auch außerhalb der Arbeitszeit für die Bewohner und ihre Probleme erreichbar waren. Gesellschaftliche Arbeit, heute bezeichnet man das als „Ehrenamt“ oder „bürgerliches Engagement“, war für uns Mitarbeiter selbstverständlich. Durch einen Patenschaftsvertrag war das Ambulatorium mit dem Heim verbunden.
Hatte der betreuende Arzt Urlaub oder war er krank, übernahmen wir seine Arbeit. Oft bat der Heimleiter um unseren medizinischen Beistand, wenn in dem schönen Garten ein Sportfest für die älteren Bürger des Wohngebietes stattfand.
Für die Heimbewohner, die an den Fenstern saßen oder von der Terrasse aus zusahen, war das eine Riesengaudi. Mit Begeisterung verfolgten sie die Wettkämpfe wie Tauziehen, Ballspiele, Wettrennen oder gar Sackhüpfen und spendeten nicht zu überhörenden Beifall und Anfeuerung.
Die Leitung des Feierabendheimes nahm seine Aufgabe, auch ein Treffpunkt für ältere Menschen aus dem Wohngebiet zu sein, sehr ernst. Organisierte vielfältige Angebote, neben dem Sport auch Konzerte, Auftritte von Künstlern und festliche Zusammenkünfte an Feiertagen. Viele meiner Patienten fühlten sich dort hingezogen.
Ein Allgemeinmediziner und Hausarzt ist für alte Menschen oft der einzige Ansprechpartner. Wenn sie mich konsultierten erzählte ich ihnen von den Veranstaltungen und lud sie dazu ein. Wie oft konnte ich mich dann später überzeugen, dass das eine gute Anregung gewesen war, denn ein paar Stunden in lockerer Atmosphäre in der sie sich wohlfühlten, weckten dann auch ihre Lebensgeister.

Das Wohlergehen älterer Menschen liegt und lag mir immer schon am Herzen und das war bestimmt nie zu übersehen. Und so denke ich war es kaum verwunderlich, dass mich der Heimleiter eines Tages fragte, ob ich nicht eine kleine Singegruppe aufbauen könnte. Seine Schützlinge wollten gerne Volkslieder singen. Auch ein ehemaliger Musiker hatte sich bereit erklärt die Klavierbegleitung zu übernehmen.
Das traute ich mir zu, hatte ich doch bescheidene Kenntnisse in der Chorarbeit.
Bald schon traf ich mich mit drei älteren Herren und acht älteren Damen aus dem Heim zum fröhlichen Singen.
Wäre das nicht auch etwas für einige meiner Patienten, die in Gefahr waren zu vereinsamen? Ich beriet mich mit dem Heimleiter und bald darauf saßen begeisterte Sangesfreunde von drinnen und draußen im Saal des Feierabendheimes beieinander und sangen gemeinsam. Zuerst trafen wir uns alle vierzehn Tage, dann jede Woche, nach meiner Sprechstunde. Fast unmerklich wurde das Heim ein Teil meines Lebens.
Die Singegruppe wurde größer und entwickelte sich zu einem Chor fröhlicher Rentner. Wir nannten uns so und auch unser Bekanntheitsgrad wuchs im Wohngebiet. Aber unsere Heimat war das Feierabendheim. Dort feierten wir unsere Geburtstags- und Weihnachtsfeste, übten leichte und später anspruchsvollere Programme ein, die wir öffentlich vortrugen.
Wir sangen für die Heimbewohner, vor allem als die „Gründungsmitglieder" aus dem Heim aus Altersgründen nicht mehr mitsingen konnten. Wir gingen über die Stationsflure und brachten an den geöffneten Zimmertüren etwas Fröhlichkeit und Optimismus zum

Klingen. Wir sangen als das Heim den ehrenvollen Namen „Dr .Georg Benjamin“ verliehen bekam.
Die Mitarbeiter wiederum organisierten für uns ein internationales Fest, als Besuch eines bulgarischen Senioren-Männerchores anstand. Für beide Chöre wurde das zu einem unvergesslichen Erlebnis.
Durch meine ärztliche Tätigkeit übernahm ich im Laufe der Jahre verschiedene andere Aufgaben. Aber das Heim blieb allwöchentlich mein Anlaufpunkt. Das änderte sich auch nicht als nach dem Untergang der DDR ein anderer Träger das Seniorenpflegeheim übernahm und ihm auch einen neuen Namen gab. Es wurde zur „Abendsonne“.
Sonne am Abend des Lebens, wir bezogen diese tröstliche Aussage auch auf uns, denn wir durften weiterhin in den uns liebgewordenen Räumen üben.
Das Haus war alt geworden, es genügte nicht mehr den Ansprüchen, die an Wohnraum für ältere pflegebedürftige Menschen gestellt werden müssen.
Ein schöner anheimelnder und würdiger Nachfolger wurde gebaut und ist nun Heimstatt für seine Bewohner.
Mit Wehmut sehe ich das alte Haus, das inzwischen mit Sträuchern und Unkraut umwuchert ist. Kein Prinz hat es bisher aus seinem Schlaf erweckt. Niemand fühlt sich verantwortlich, niemand will es haben.
Fast täglich gehe ich daran vorbei. Manchmal streiche ich versonnen über seine Wand, als möchte ich vermeiden, dass es aus seinem Dornröschenschlaf erwacht. Wir, die „fröhlichen Rentner“ aber singen weiter in der „Abendsonne“, üben für Auftritte vor Menschen, denen wir ein paar unbeschwerte Stunden bringen wollen.

Wir feiern unsere Chorfeste, singen für die Heimbewohner und fühlen uns den Heimmitarbeitern freundschaftlich verbunden, nun bereits seit über 40 Jahren.

Wärmende Frühlingssonne

Mitten im März. Da kann man doch nicht zu Hause bleiben. Da muss man doch einen Spaziergang machen, auch wenn die Knie und der Rücken schmerzen und die Luft beim Laufen knapp wird.
Der Weg zwischen den Schrebergärten hinter dem Haus ist voller Überraschungen. Bunte Frühlingsblumen schmücken die Beete und scheinen miteinander zu wetteifern. Blaue Krokusse, gelbe Primeln, Schneeglöckchen, Märzenbecher vertrauen auf die Sonne und zeigen sich in voller Blüte. Die Vögel zwitschern Liebeslieder und suchen einen Partner zum Nestbauen. Ich lasse mich von ihrem Optimismus anstecken und denke beim Spazierengehen nicht mehr an Krankheiten und Schmerzen.
Im Vereinshaus setze ich mich an einen Gartentisch in die Sonne und belohne mich mit einem Cappuccino. Am Nachbartisch sitzt ein alter Mann und isst ein Stück Kuchen. Ab und zu bricht er ein kleines Stück ab und hält es unter den Tisch. Noch hat der Wirt keine Tischdecken aufgelegt, ich schaue neugierig zu meinem Nachbarn und sehe, dass er einen kleinen Hund bei sich hat. Der liegt erstaunlich ruhig zu seinen Füßen und lässt sich die Kuchenhappen schmecken. Ich mag Hunde und frage den alten Mann, ob sein Hund vom Spazierengehen müde ist.
„Nein, nein“, meint der, „wir machen immer nur eine kleine Runde, Waldi ist behindert!“
„Was hat er denn?“ frage ich neugierig. Er bückt sich nach unten und holt Waldi unter dem Tisch hervor. Mir verschlägt es die Sprache.

Waldi kommt und schnuppert an meinen Schuhen. Aber er wedelt nicht mit dem Schwanz und stellt sich nicht auf. Seine Hinterpfoten sind auf ein kleines Brett geschnallt. Das Brett hat Räder und Waldi zieht sozusagen sein Hinterteil hinter sich her. „Meine Güte, was ist denn da passiert?“ frage ich seinen Besitzer.
„Waldi ist von einem Auto angefahren worden und seit dem querschnittsgelähmt.“ Er streichelt den Hund, der das sichtlich genießt.
„Und Ihr Waldi kommt mit diesem Rollbrett klar?“ frage ich.
„Der Tierarzt hat nach dem Unfall gesagt, dass der Hund keine Chance mehr hat. Ich solle ihn einschläfern lassen. Aber Waldi ist doch meine Familie. Ich bin allein und Waldi lebt schon neun Jahre bei mir. Ich habe gefragt, ob der Hund Schmerzen hat. Der Tierarzt meinte, dass ihm nichts wehtut, weil er ja gelähmt ist. Da habe ich Waldi wieder mit nach Hause genommen und das Rollbrett für ihn gebastelt. Schauen Sie mal, wie gut er damit läuft!“ Der Alte steht auf und geht ein paar Schritte und Waldi läuft oder rollt ihm hinterher, als ob das ganz normal sei.
„Wie lange geht das schon so?“ frage ich ganz verblüfft.
„Schon ein halbes Jahr. Der Tierarzt hat es gar nicht glauben wollen, als wir wieder bei ihm vorbeikamen.“

Herrchen und Hund nehmen wieder Platz. Natürlich bin ich neugierig und wir unterhalten uns noch eine ganze Weile, bis es am Gartentisch zu kühl wird.
Beim Abschied weiß ich nicht, wen ich mehr bewundern soll. Waldi oder seinen Besitzer. Eines ist mir klar geworden: Beide haben eigentlich keine Chance mehr

gehabt. Und dennoch haben sie eine Lösung gefunden, um gemeinsam weiterleben zu können. Ich glaube, ein Stück Liebe war da wohl auch dabei!

Ein ganz normaler Tag

Lesen Sie Horoskope? Ich nie! Doch gestern Abend hatte ich ein Telefongespräch mit einer alten Bekannten. Sie ist fest davon überzeugt, dass die Sterne nicht lügen und ihr großes Unheil prophezeit haben.
Wir sprachen sehr lange miteinander und in meinem Traum verfolgten mich in der Nacht blutrünstige Stiere, eklige Krebse und Skorpione und andere Sternzeichen.
Aus unruhigem Schlaf wachte ich heute früh auf, schaute in meinen Terminkalender und stellte fest, dass der Slogan: „Rentner haben niemals Zeit" offensichtlich für mich erfunden wurde.
Auf dem Tisch lag noch die Fernsehzeitung und daneben eine Illustrierte. Diese hatte ich für meine Nachbarin besorgt.
„Guck doch mal in die Horoskope, was dir edelmütigem Löwen vorausgesagt wird", dachte ich so bei mir und blätterte neugierig in den bunten Seiten.
In der ersten Zeitung gab es sogar einen Mondkalender für heute, in dem stand, was man tun und was man lieber lassen sollte:
„Günstig: Einen Obsttag einlegen oder reichlich Obstsaft trinken. Böden feucht aufwischen. Ungünstig: Eintönigen Tätigkeiten nachgehen wollen."
In der zweiten Zeitschrift hieß es:
„Stolpersteinchen, so klein sie auch sein mögen, verfolgen nur das eine Ziel: Ihnen den Weg zu erschweren. Sie werden demnächst so manche Herausforderung überwinden müssen!"
Na, das kann ja gut werden, dachte ich.

In meinem Plan für heute stand als Erstes: Kleiderschrank aus- und aufräumen. Motto: Ordnung ist das halbe Leben.
Eine Freundin hatte mir mal erklärt: Alles, was du im vergangenen Jahr nicht angezogen hast, brauchst du nicht mehr!
In meinem Schrank hängt davon mehr, als Sie denken.
Der hübsche Zweiteiler mit dem Karomuster, der hat mir so gut gestanden. Die helle Hose mit Bügelfalten – wann habe ich sie eigentlich mal getragen? Und der gestreifte Blazer mit dem dunklen Top darunter – sieht doch toll aus! Doch getragen habe ich das alles im letzten Jahr nicht. Weggeben? Auf keinen Fall! Vielleicht nehme ich doch noch mal ein bisschen ab. Also wird es nichts mit dem Aus- und Aufräumen.
Folgt der Besuch bei der Katze meiner Nachbarin. Motto: Jeden Tag eine gute Tat!
Nachbarin ist verreist. Katze wird versorgt. Ich soll mich nur um gelegentliche Streicheleinheiten kümmern.
Aber was soll ich tun, wenn sich keine Katze zum Streicheln zeigt? Ich durchsuche die Wohnung, gucke unter Sofas und Tische – keine Spur von der Katze. In solchen Fällen singt meine Nachbarin immer in den höchsten Tönen. Denen könne die Mieze nicht widerstehen.
Also stelle ich mich in die Küche und jammere im höchsten Sopran: „Hänschen klein ging allein ..." Und siehe da, das Katzenviech blickt erschrocken um die Ecke und wundert sich wohl, wer da so quietscht.
Zurück in meine Wohnung. Da klingelt das Telefon: „Spreche ich mit Frau Christine Roßberg? Wie schön,

dass ich Sie persönlich erreiche. Sie haben doch vor ein paar Wochen an unserem Preisausschreiben teilgenommen und wir wundern uns, dass Sie den Preis noch nicht angefordert haben." Genervt antworte ich, dass man mich in Ruhe lassen soll und lege auf.
Mittagszeit. Weil ich noch einen Besuch machen will, gibt es heute nur Bratkartoffeln mit Hering in Tomatensoße aus der Konserve. Die hat am oberen Ende einen Ring, an dem man ziehen soll, um die Dose zu öffnen. Natürlich bricht der Ring beim Ziehen ab. Aber einen kleinen Spalt habe ich schon geöffnet, aus dem würzige Tomatensoße quillt und mir über die Finger läuft.
Nun muss ein richtiger Dosenöffner her. Beim Versuch, ihn mit Druck in den Dosendeckel zu bringen, ergreift die Tomatensoße die Flucht und sucht Schutz auf meiner Bluse. Ich ziehe mich um und esse die Bratkartoffeln ohne Fisch.
Der Einladung zum Besuch am Nachmittag folge ich besonders gern, denn ich habe bei diesen Freunden immer die Vorstellung, ich käme ins „Gut Aiderbichl". Wenn die Hausfrau die Wohnungstür öffnet, stehe ich vor einer herrlich grünen Wiese, auf der Zicklein springen, Hühner scharren, ein Pferd mich freundlich anblickt und ein kleines Mädchen mit einem Kaninchen auf dem Arm mir zuwinkt.
Die lange Flurwand ist mit diesem riesigen Poster beklebt. Hier herrscht immer Sommer und gute Laune.
Eigentlich ist diese Postermode längst „out", aber die Wohnungsinhaber kriegen das Foto nicht von der Wand, der Kleber gibt nicht nach. Nachdem wir von der Alm ins Wohnzimmer gegangen sind, wird es ein gemütlicher Kaffeenachmittag. Die Rückfahrt am

Abend in der U-Bahn verläuft fast friedlich. Nur ein junges Mädchen mit schwarzumrandeten Augen und Piercings in Nase, Ohren und Unterlippe drückt ihr Handy ans Ohr und berichtet in einer Lautstärke, als sei sie allein im Abteil, dass sie in zehn Minuten da sei, dass Rolfi ein ganz cooler Typ ist und dass am Abend noch Disco ansteht. „Interessant, interessant", denke ich. Ob der Sticker in der Unterlippe nicht beim Küssen stört? Ganz heimlich entsteht in mir der Wunsch, mal mit einem Magneten die Piercings zu berühren. Was dann wohl passieren würde?

An der Bushaltestelle warten schon mehrere Leute. Eine Dame kommt auf mich zu und begrüßt mich freundlich. „Das ist aber schön, dass ich Sie mal treffe! Wie geht es Ihnen denn so?" Ihr Gesicht kommt mir bekannt vor. Ich grabe in meinem Gedächtnis, woher wir uns kennen könnten. Ist sie Mitglied der Volkssolidarität? Oder Teilnehmer der Seniorenakademie? Oder singt sie in einem der Berliner Seniorenchöre? Überall könnten wir uns getroffen haben. Aber die Frage: Woher kennen wir uns denn, ist mir zu peinlich.

Sie spürt wohl meine Hilflosigkeit und hilft mir auf die Sprünge. „Ich war Ihre Patientin, Frau Doktor, und Sie haben mir damals das Leben gerettet!" Wie schön, denke ich.

Hatte ich anfangs gehofft, dass sie endlich spricht, so hoffe ich jetzt, dass sie endlich mit dem Sprechen aufhört! Bis der Bus kommt, erfahre ich, wie das „damals" war und was krankheitsmäßig seitdem bis heute alles geschehen ist. Offensichtlich gehört diese Dame zu jenen Menschen, die überzeugt davon sind,

dass ein Arzt nichts lieber hört als Krankengeschichten.
Zu meinem Glück kann ich schon nach drei Stationen aussteigen.
Zu Hause sinke ich erschöpft in meinen Fernsehsessel, esse Obst und trinke Obstsaft, wie es der Mondkalender geraten hat. Den „Ratgeber aktuell" im Fernsehen ertrage ich heute nicht mehr. Er schwärmt vom Multitalent „Joghurtbecher", den man, wenn er geleert ist, zum Aufbewahren von Knöpfen oder als Anzuchtstöpfchen für Blumen- oder Kräutersamen benutzen kann. Das erinnert mich zu sehr an vergangene Zeiten!
Ich schalte um und komme gerade noch zum Krimi zurecht. „Doppelmord im Altersheim!" Entspannt lehne ich mich zurück.
Der Abend kann beginnen.

Wenn das Gedächtnis verloren geht

Beate steht fasziniert vor den Bildern, die an den Wänden des hellen Flures hängen, kleinere und größere, sauber gerahmt, farbenfroh leuchtend.
„Kommen Sie doch zu unserer Vernissage“, hat der Heimleiter sie eingeladen.
„Wir zeigen Bilder, die unsere dementen Heimbewohner gemalt haben.“
Heute nun, zur Eröffnung der Ausstellung, begrüßt er die Besucher. Dann stellt er eine junge Frau vor, die Beate schon in ihrer weißen Bluse und dem weitgeschnittenen geblümten Rock aufgefallen war. Sie sei Malerin, erfahren die Besucher, und sie würde hier mit den alten Menschen malen.
„Denn“, meint sie, „durch die Farben können verschüttete Erinnerungen wieder auftauchen. Es ist beglückend zu erleben, mit welcher Freude meine betagten Malschüler mit Farben umgehen. Ihre Geduld und Konzentration hält zwar nicht lange an, meist nur eine Viertelstunde, selten länger. Aber in dieser Viertelstunde leuchten ihre Augen und ihre Mimik, die oft so starr ist, öffnet sich.“ Nach einer kurzen Pause fügt sie leise hinzu: „Es ist wie ein Wunder.“
„Wir wollen versuchen, mit dem Malen ein bisschen Freude in den Alltag unserer Bewohner zu bringen“, erklärt der Heimleiter. „Die Demenz können wir damit nicht aufhalten, aber vielleicht den Fortgang ein wenig verlangsamen.“
Etwas später, Beate hatte sich schon dieses und jenes Gemälde angesehen, zeigte er Beate das Bild, das ihre

Tante Klara gemalt hatte. Es ist mit roten und grünen Farben bedeckt. Quer über das Bild streckt sich ein dicker brauner Streifen. Die junge Malerin kommt zu ihnen und erzählt, dass Frau Schweiger – das ist Beates Tante Klara – gemeint hat, dieses Bild sei der Garten ihrer Großeltern. Da gab es diesen schönen Kirschbaum, auf den sie oft geklettert ist und sich Ohrringe aus Kirschen umgehängt hatte.
Beate steht fassungslos da. Denn plötzlich taucht bei ihr eine Erinnerung auf. Auch sie war als kleines Mädchen auf diesen Kirschbaum geklettert. Auch sie hatte sich Kirschen über die Ohren gehängt. Wann hatte sie das letzte Mal daran gedacht? Hatte sie überhaupt schon mal an diesen Garten gedacht? Damals, als ihre Tante Klara noch eine junge Frau war, hatte sie in diesem Garten mit ihr gespielt oder ihr Geschichten vorgelesen, denn keiner war so belesen wie sie. Beate kann es kaum glauben. Ihre Tante Klara, deren Demenz sich von Monat zu Monat mehr zeigte, malt nicht nur Bilder, sondern verhilft ihr zu einer längst vergessenen Kindheitserinnerung.
Die Krankheit begann damit, dass die Tante nicht mehr wusste, wo sie wohnte. Zweimal musste Beate sie von der Polizei abholen, weil sie irgendwo aufgegriffen worden war. Dann vergaß sie immer wieder zu essen. Das Hungergefühl funktionierte nicht mehr. Schließlich konnte sie ohne Betreuung nicht mehr allein zu Hause bleiben und musste in ein Pflegeheim übersiedeln.
Seitdem erlebte Beate bei ihren Besuchen, wie schnell die Demenz voranschritt. Oft erkannte die Tante ihre Nichte nicht mehr und fragte: „Haben wir uns schon mal gesehen?“ Oder sie klagte wie ein kleines Kind:

„Ich will nach Hause! Meine Mutti kommt gleich von der Arbeit!“
Beate las ihr aus Büchern vor, die sie ihr einst vorgelesen hatte. Sie brachte ihr Familienfotos mit. Manchmal sangen sie gemeinsam Volkslieder und dann konnte es passieren, dass Tante Klara mehr Verse kannte als Beate. Das verwunderte sie dann, andrerseits erinnerte sie es an die Zeiten, als ihre Tante noch jene kluge Frau war, die man alles fragen konnte, die alles wusste. Umso mehr schmerzt sie es heute, wie diese alte Frau mehr und mehr in einer eigenen Welt lebt.
Nach der Vernissage geht Beate nicht noch bei ihrer Tante vorbei.
Sie möchte das kleine Glück, das sie beim Betrachten der Bilder empfunden hat, wenigstens für diesen Tag bewahren.

Letzte Rose

„Oh, sie ist wunderschön!"
Sie nimmt mir die Rose aus der Hand und streichelt mit den Fingerspitzen über die cremefarbenen Blütenblätter, die sich noch nicht ganz entfaltet haben.
„Holen Sie mir doch bitte eine Vase dort aus dem Schrank", bittet sie mich. Ich stehe auf, froh, dass ich einen Augenblick lang nicht sprechen muss. Ich wähle eine schlanke Kristallvase, in der die langstielige, zarte Blume wie ein Kunstwerk aussieht.

Aus der Küche hole ich Wasser und stelle die Rose auf den Tisch neben den Sessel, in dem die zarte, gebrechliche Gestalt der Todkranken, eingehüllt in wärmende Decken, ruht.
Mir erscheint sie noch gebrechlicher als beim letzten Besuch.
Die Haut ihres Gesichts und ihrer Hände ist noch blasser geworden.
„Wie schön, dass Sie meine Lieblingsblume ausgewählt haben, dankt sie mir mit einem Lächeln. Dann schweigen wir miteinander, weil es schwer wird, heute die rechten Worte zu finden.
Sie hat Geburtstag und es wird ihr letzter sein.

Den Befund mit der niederschmetternden Diagnose hat sie mir vor einigen Wochen zu lesen gegeben und mich gebeten, sie auf ihrem letzten Weg zu begleiten. Sie weiß, welche Last sie mir mit ihrem Wunsch aufgeladen hat und ich weiß, dass ich diesen Vertrauensbeweis nicht ablehnen darf. Es ist tröstlich für einen

Kranken, wenn er seine Gedanken, seine Lebensgeschichte erzählen kann, wenn da jemand ist, der nur zuhört und das Gehörte still in sich verschließt.
So sitze ich nun und lausche den Erinnerungen an ein langes, erfülltes Leben. Sie hat es ihren Patienten und ihren verehrten, hochgeschätzten ärztlichen Vorgesetzten gewidmet. Sie ersetzten ihr die Familie, die sie nie vermisst hatte. Eigene Kinder, einen Mann an ihrer Seite, fehlten ihr nicht.

Blumen hat sie sehr geliebt. In ihrem Zimmer standen immer frische Sträuße, oft von dankbaren Patienten überreicht und zu besonderen Feiertagen auch von den Ärzten, die ihr Können, ihre zuverlässige Arbeit hoch schätzten.
Ich weiß, dass Rosen ihre Lieblingsblumen sind. Keine roten, lieber andere Farben, rosa, gelb oder cremefarbene.
Das Foto von ihrer Verabschiedung vor fünfzehn Jahren hat sie mir voll Stolz gezeigt. Darauf sie, eine kleine, resolute Person, umgeben von einer Schar weiß gekleideter Ärzte, ihr Gesicht voller Rührung, im Arm ein Strauß langstieliger Rosen.

Seitdem bringe ich ihr bei meinen Besuchen oft eine Rose mit.
Für eine gute Betreuung und Pflege hat ihre Ärztin gesorgt.
Heute sitze ich als Geburtstagsgast an ihrem Tisch und halte ihre Hand. Was soll man in so einer Situation wünschen?
Viel Kraft, wenig Schmerzen, ruhige Nächte. Und täglich eine kleine Freude!

Über die Sonne, die schon etwas länger scheint, über die grünen Blättchen, die sich an den Zweigen der Bäume vor dem Fenster zeigen.
Mehr bleibt nicht zu wünschen und wir wissen es beide.
Ich spüre, dass die Lebensuhr meiner liebgewordenen, geachteten alten Freundin abläuft. Bald werden meine Besuche nicht mehr notwendig sein.
Ich werde die schönste Rose, die ich bekommen kann, als letzten Gruß mitgeben.

Wir schaffen das!

Robert öffnet die Tür zum Krankenzimmer und sieht als erstes neben dem Bett den Tropf, aus dem die Flüssigkeit langsam in den Plastikschlauch tropft, der mit Annes Arm verbunden ist. Er nähert sich dem Bett. Anne hat wohl schon auf seinen Besuch gewartet und lächelt, als er sich über sie beugt. Vorsichtig küsst er sie auf die Wange.
Sie duftet nach Kölnisch Wasser. Ihr ist wichtig, damit die Gerüche im Zimmer nach Desinfektionsmitteln zu unterdrücken. Manchmal glaubt sie sogar, dass man ihre Angst riechen kann.
Robert zieht einen Stuhl an ihr Bett, setzt sich und nimmt die Hand seiner Frau.
In Annes Gesicht kann er die Verzweiflung, das Hoffen und Bangen lesen und die Frage nach dem Ergebnis von Roberts Gespräch mit dem Oberarzt.
Vor drei Tagen wurde sie in das Krankenhaus eingeliefert mit der Diagnose „Bauchspeicheldrüsenkrebs".
Sie hat viele Untersuchungen über sich ergehen lassen, die über die weitere Behandlung entscheiden sollen.
Robert empfand das Gespräch mit dem Arzt befreiend. Die Angst um das Leben seiner Frau hatte ihn fast verrückt gemacht.
Im Internet gab es unzählige Informationen über Pankreaskrebs, die Behandlungs-möglichkeiten und die Chancen, den Krebs zu überwinden. Nun aber weiß er, wie die behandelnden Ärzte vorgehen wollen und bemüht sich, Anne zu überzeugen, dass die Aussichten für sie gar nicht so schlecht stehen. „Die Ärzte

wollen dich operieren. Der Tumor sitzt günstig. Selbst wenn sie dabei ein großes Stück der Bauchspeicheldrüse entfernen müssen, kannst du damit leben.
Du musst nur die fehlenden Hormone als Tabletten oder Spritzen zu dir nehmen. Aber du wirst weiterleben. Wir stehen das gemeinsam durch!"
Anne lehnt sich zurück und schließt die Augen. In ihren Gedanken wechseln Angst und Hoffnung. Roberts Worte „Wir stehen das gemeinsam durch!" machen ihr Mut.
„Glaubst du dem Oberarzt?" fragt sie und öffnet die Augen. Zuversichtlich nickt Robert. „Der Doktor hat mir die Op. erklärt. Der Tumor ist relativ klein, man kann ihn vollständig entfernen!"
Nun sprechen beide über die Zeit nach der Operation. Eine Chemotherapie wird notwendig sein, aber die ist heutzutage nicht zu vergleichen mit früher. Die Verträglichkeit hat sich sehr gebessert. Und man kann sie ambulant durchführen.
„Du bist dann zu Hause und wir können dich pflegen und verwöhnen!"
Robert streichelt die Wange seiner Frau. Anne lächelt zaghaft.
Doch dann beraten sie, was sie tun werden, wenn Anne wieder zu Hause ist.
Annes Mutter wird zur Pflege ihrer Tochter für einige Zeit zu ihnen ziehen.
Annes Angst wird kleiner, ihre Zuversicht größer. Dankbar lächelt sie Robert zu.

Zwei Tage später werden bei einer vorbereitenden Röntgenuntersuchung in Annes Leber und Lunge Metastasen festgestellt.

Vom Engel und anderen Helfern ...

Eine alte Freundin schenkte mir einen kleinen Schutzengel. Ihre verschmitzte Bemerkung dazu: „Ich glaube, du brauchst so ein Helferlein!“
Das Schutzengelchen sah niedlich aus, war aus Keramik geformt, verpackt in einem Zellophankästchen, auf dem seine Funktion geschrieben stand.
Eigentlich, ja eigentlich glaub ich nicht an Engel.
Aber insgeheim habe ich in meinem Inneren manchmal den Wunsch, es gäbe wirklich so einen unsichtbaren, aber wirkungsvollen Helfer. Er könnte mich beraten oder trösten, mir in schwierigen Situationen zur Seite stehen.
Je mehr ich darüber nachdenke, umso mehr festigt sich meine Überzeugung, dass ich doch schon oft mit einem solchen Wesen Berührung hatte. Nur war es nicht unsichtbar, sondern sehr real. Also, menschlich. Es wurde für mich zum hilfreichen Engel, ohne sich dessen bewusst zu sein. Ich begegnete einem hilfreichen Engel, der oft sogar zum Schutzengel wurde.
Schutzengel ist, so finde ich, noch eine Stufe höher als „nur“ Engel.
Es gab schwierige Situationen in meinem Leben, in denen ein guter Rat mich vor unüberlegten Handlungen bewahrte. Später erst merkte ich, dass hier noch mehr als nur ein Rat für mich wirksam wurde.
Schon oft fand ich bei Unfällen, schweren Krankheiten, großen Gefahren Menschen, die genau in diesem Moment zur Stelle waren, mich schützten und vor größerem Schaden bewahrten. Sie waren für mich

Schutzengel und haben es sicher selbst gar nicht gewusst.
Mein kleines Engelchen wird wohl kaum tätig werden können. Aber ich bewahre mir einen kindlichen Glauben, im rechten Moment einen Schutzengel zu finden.

Bittere Mandeln

Es war unvermeidbar. Der Geruch von bitteren Mandeln ließ ihn stets an das Schicksal verhinderter Liebe denken. Und erinnerte ihn immer wieder an Denice.

Als er sie kennenlernte, war sie jung und unerfahren in Liebesdingen. Das spürte er sofort, als er sie zum ersten Mal sah. Ihm gefiel ihre unbeschwerte Fröhlichkeit, der unbefangene Umgang mit ihren Altersgenossen in der Schule. Für die Jungen war sie eher ein Kumpel, obwohl ihre besondere mädchenhafte Ausstrahlung sie begehrenswert machte.
Sie war sich nicht bewusst, wie sie auf die Menschen in ihrem Umfeld wirkte, daß mancher Lehrer sie mit anderen Augen betrachtete als die Jungen um sie herum.
Er bekam Angst um sie, als er spürte, wie sie sich veränderte. Sie war stiller in ihrem Verhalten, aber er hatte den Eindruck, dass sie von innen leuchtete. Sie wirkte glücklich, zog sich von den Jungen ihrer Klasse zurück.
Er spürte noch heute das Entsetzen, das ihn erfasste, als berichtet wurde, daß Denice Selbstmord begangen hatte.
Die Polizei sprach vom Geruch nach Bittermandeln, der noch in ihrem Zimmer vorhanden war, als man sie fand. Blausäure also. Denice war sofort tot.
Langsam sickerte durch, daß sie sich in einen Lehrer verliebt hatte, der mit dem jungen unerfahrenen Mädchen ein Verhältnis begann, das beide lange geheim halten konnten.

Der Lehrer war verheiratet. Eine Trennung von seiner Frau kam für ihn nicht in Frage. Als Denice das endlich begriff, nahm sie sich das Leben.
Diese tragische Geschichte bewegte ihn damals so stark, dass er Tränen in den Augen hatte, als er aus dem Kino kam.
Wann hatte er diesen Film gesehen? Bestimmt vor vielen Jahren, als er noch Lehrling war.
Aber immer zur Weihnachtszeit, wenn er in der Backstube den Teig für das Weihnachtsgebäck zubereitete und die zerkleinerten bitteren Mandeln zum Teig gab, erinnerte ihn deren Geruch an Denice und ihre Liebe, für die sie keine Chance bekam.

Die Überraschung

„Komm mal ans Fenster." Peters Mutter winkt ihrem Mann. Beide blicken ihrem Sohn hinterher, der Vater stolz, die Mutter besorgt.
Unten dreht sich Peter um und winkt zum Fenster hinauf. Dann läuft er beschwingt weiter. Auf diesen Tag hat er sich seit Wochen gefreut.
Oben meint die Mutter: „Ob das wohl gut geht?"
Ihr Mann legt den Arm um sie und antwortet beruhigend: „Sei doch stolz auf deinen Sohn! Der weiß, was er will! Und Lena ist ein feines Mädchen, die unseren Sohn nicht ausnutzen wird!"
Die Mutter seufzt: „Musste es denn gerade dieses Mädchen sein?"
„Darüber haben wir doch schon gesprochen, auch mit Peter", antwortet der Vater und führt seine Frau zum Sofa.
Inzwischen ist Peter an Lenas Wohnung angekommen. „Mach dich hübsch", hatte er zu ihr gesagt, „ich habe eine große Überraschung für dich!"
Lena sieht wunderschön aus, findet er und küsst sie zärtlich. Dann machen sie sich auf den Weg. Der dauert zwanzig Minuten und endet vor einer großen Halle. Lena sieht Peter fragend an: „Eine Turnhalle?"
„Wart's ab" er legt ihr einen Finger auf den Mund und öffnet die Tür.
Als sie in die Halle kommen, empfängt sie fröhliche Walzermusik und lauter Beifall. Mit großen Augen sieht Lena, dass mindestens zehn Rollstühle im Raum stehen, in denen junge Menschen sitzen, so wie auch sie. Hinter den Rollstühlen junge Männer, so wie

Peter, aber auch junge Frauen. Alle beginnen sich im Walzertakt zu drehen, schwingen die Rollstühle im Kreis, tanzen mit den Partnern, dirigieren die Rollstühle nach einer mitreißenden Choreografie und ihr Gesichtsausdruck wirkt glücklich und zufrieden.
Als die Musik aufhört, kommt eine Frau, die bisher am Rand stand, zu Lena und reicht ihr die Hand: „Herzlich willkommen in unserem Tanzkreis. Ihr Partner hat uns schon viel von Ihnen erzählt!“
Fassungslos und strahlend blickt Lena zu Peter auf. Der sieht, dass die Überraschung gelungen ist.
Er hatte zwei Monate lang heimlich geübt für den höchsten Lohn. Das himmlische Lächeln seiner Liebsten.

Eine unglaubliche Geschichte

Gerda kam als Letzte, wie immer. Henni und Brigitte tranken schon ihren Kaffee und probierten die Erdbeertorte auf ihren Tellern.
Für Gerda hatten sie bereits ein weiteres Tortenstück auf den Tisch vor ihrem Platz gestellt, auch wie immer, wenn sie sich in ihrem Lieblingslokal trafen.
Gerda hängte ihren Mantel an den Haken hinter dem Tisch, begrüßte ihre Freundinnen mit einem Küsschen auf die Wange und sagte, schon im Hinsetzen,
„Kinder, ich muss euch eine ganz verrückte Geschichte erzählen!"
„Trink doch erstmal einen Schluck Kaffee!" sagte Henni und schob Gerda den Teller mit der Torte näher, doch Gerda redete weiter. „Stellt euch vor, was ich in der letzten Woche erlebt habe. Ich war mal wieder auf dem Trödelmarkt, auch am Bücherstand und sehe, da liegt doch ein Band von der „Nesthäkchenserie", die ich als Kind so gerne gelesen habe."
„Na hast du Kindheitserinnerungen aufgefrischt?" fragte Brigitte. „Ach was, ich war nur erstaunt, dass Nesthäkchen sogar heute noch oder wieder Interessenten hat.
Ich nehme also das Buch, blättere ein bisschen darin herum und sehe plötzlich meinen eigenen Namen vorn auf der Innenseite. Natürlich meinen Geburtsnamen, also Gerda Wendel, so hieß ich ja damals. Das war also mein Buch. Aber ich habe als Kind in Weißenfels gelebt. Das Buch aber lag jetzt hier in Berlin auf dem Trödeltisch."
„Ist ja irre!" sagte Henni. „Wie kommt das nach Berlin?"

„Also ich habe natürlich den Trödelmann gefragt. Wir kennen uns schon lange vom Markt. Der meinte, dass eine alte Dame immer mal wieder vorbeikommt und Bücher bei ihm abgibt! Kommt die oft, habe ich gefragt und er sagte, dass sie fast jede Woche über den Trödelmarkt läuft.
Ich habe ihm meine Visitenkarte gegeben und gebeten, dass er sie ihr übermittelt mit der Bitte, mich mal anzurufen."
„Und, hat sie?" fragte Brigitte. „Stell dir vor, sie rief schon bald an. Ich wollte natürlich wissen, wie sie an dieses Buch gekommen ist, das mir mal gehört hat. Sie bekam es von ihrer Tochter, weil die wusste, dass ihre Mutter die „Nesthäkchen-Bücher" sammelte. Ihre Tochter ist Chemiestudentin an der Humboldt-Universität und mit einer Kommilitonin befreundet, die aus Weißenfels stammt. Und deren Mutter hat auch die „Nesthäkchen-Bücher" zu Hause."
„Aber wieso hat sie ein Buch von Dir?" fragten Henni und Brigitte fast gleichzeitig.
Gerda holte tief Luft. „Ich habe natürlich nach dem Namen der Kommilitonin gefragt, aber der Name hat mir nichts gesagt."
„Ist ja klar", meinte Brigitte, „die Mutter heißt ja jetzt auch anders als früher."
„Dann habe ich gebeten, zu erfragen, wie der Mädchenname der Weißenfelser Mutter ist. Und jetzt kommt der Clou!" Gerda machte es spannend. Ihre Kaffeefreundinnen hingen voller Neugier an ihren Lippen.
„Sie heißt Christiane, geborene Neumann. Und so hieß eine Klassenkameradin von mir, von der ich seit dem Schulabschluss nichts mehr gehört habe. Der habe

ich damals wahrscheinlich mein „Nesthäkchen" ausgeliehen. Erinnern kann ich mich nicht mehr daran. Christiane ist Mathelehrerin geworden und in Weißenfels geblieben."

Brigitte und Henni sehen sich an und schütteln die Köpfe. „Ich bin noch nicht am Ende", sagte Gerda. „Natürlich habe ich um die Adresse und Telefonnummer von Christiane gebeten und sie vor zwei Tagen angerufen. Sie konnte erst gar nicht glauben, dass ich am Telefon war. Und dann haben wir fast eine Stunde miteinander telefoniert. Von früher erzählt und davon, wie es uns nach der Schule ergangen ist. Sie hat studiert und ich bin Physiotherapeutin geworden. Und das Tollste ist: im Sommer werden wir uns gegenseitig besuchen!"

„Tolle Geschichte!" meinte Brigitte.

Jetzt schüttelte Gerda den Kopf: „Ich weiß. Kein Mensch würde sie glauben!"

Spurensuche

Die Frau gehört nicht in diese Straße. In ihrem eleganten Kostüm, dem dazu passenden Hut und den modernen Schuhen fiel sie zwischen den einfachen Siedlungshäusern auf. Ihr Alter konnte man schwer schätzen, aber über fünfzig mochte sie wohl sein.
Schon zum zweiten Mal ging sie die Straße entlang. Langsam. Sie blickte auf die schlichten Hauseingänge, als suche sie etwas Bestimmtes.
Schließlich blieb sie vor einem der Häuser stehen und klingelte an der Gartentür.
Ein junge Frau in einer Kittelschürze öffnete und fragte, was die fremde Frau am Zaun wolle.
„Wohnen hier nicht die Eheleute Schneider?"
„Schneider? Der Name sagt mir nichts. Wir wohnen schon seit zehn Jahren hier. Vor uns lebte hier eine Frau Thomas. Fragen sie doch einmal gegenüber die alte Frau Herder. Die wohnt schon ewig in dieser Straße. Vielleicht kann die ihnen helfen."

Die junge Frau ging zurück ins Haus und schloss die Tür hinter sich.
Bei Frau Herder dauerte es lange, ehe sie zur Tür kam.
Die Fremde stellte ihr dieselbe Frage. Frau Herder kam zur Gartentür.
Sie war alt und stützte sich auf einen Stock. „Ach Schneiders, na die leben schon lange nicht mehr. Sie hatten es nicht verkraftet, dass ihre Tochter damals mit einem Medizinstudenten, einem Farbigen, stellen sie sich das mal vor, nach Kanada gegangen ist.

Ihre Eltern hatten sie vor die Wahl gestellt, entweder hier zu bleiben, oder sie sei nicht mehr ihre Tochter. Die Tochter ist trotzdem nach Kanada gegangen und hat nie mehr was von sich hören lassen. Schrecklich, nicht wahr?"
Frau Herder lehnte sich an den Gartenzaun und genoss es, dass sie mit jemandem reden konnte.
„Frau Schneider hat die Trennung nicht verwunden. Nach einem halben Jahr hatte sie sich das Leben genommen. Mit Tabletten!"
Frau Herder merkte nicht, dass es der Fremden schwer fiel, weiter zu fragen.
„Was ist denn aus Herrn Schneider geworden?"
„Der hat nach dem Tod seiner Frau allein in dem Haus gelebt. Dann bekam er einen Schlaganfall und musste in ein Heim. Dort ist er bald gestorben.
Als der noch hier wohnte, haben wir manchmal miteinander gesprochen. Der hat oft gesagt, dass er seine Tochter aus dem Haus getrieben habe. Wenn er auf seine Frau gehört hätte, dann würde die noch leben. Ja, ja, eine schlimme Geschichte!"

Frau Herder war ins Erzählen gekommen, während die Unbekannte sich zu dem Haus gegenüber umdrehte. Frau Herder merkte nicht, dass sie sich mit einem Taschentuch Tränen aus den Augen wischte.
Als sie sich wieder Frau Herder zuwandte, fragte diese: „Haben Sie mal hier gewohnt? Ich kenne Sie gar nicht."
Die Fremde gab ihr die Hand und sagte im Weggehen: „Ja. Aber ich bin lange fort gewesen."

Liebe ohne Angst

Nachdenklich schaute sie zur Tür, durch die Katrin eben die Wohnung verlassen hatte.
Eigentlich kann ich jetzt stolz sein, dachte sie. Welche Großmutter erlebt in den heutigen Zeiten schon, dass ihre Enkelin mit ihrem Liebeskummer ausgerechnet zu ihr kommt, um sich auszuweinen.

Sie versucht, sich zu erinnern. War sie mit vierzehn Jahren auch schon verliebt?
Wohl kaum. Als sie so alt war wie Katrin, musste sie nach der Schule auf ihre kleinen Geschwister aufpassen. Vater war im Krieg, und Mutter mußte auf dem Feld arbeiten. Da war keine Zeit für eine junge Liebe.
Die kam erst Jahre später. Er war der schönste Junge aus dem Dorf, und sie war das glücklichste Mädchen auf der ganzen Welt. Bis er eine Andere begehrenswerter fand. Noch heute kann sie die Verzweiflung fühlen, die sie damals empfunden hatte.
Es dauerte lange, bis sie wieder einem Mann vertrauen konnte.
Doch diese Liebe hielt ein langes Leben, und sie fühlte sich geborgen und glücklich in ihrer kleinen Familie.

Nichts konnte ihr Vertrauen erschüttern, das fest verwurzelt durch die Erfahrungen der gemeinsam gelebten Jahre in ihrem Herzen gewachsen war.
Die Krankheit kam völlig unerwartet, und die Diagnose war niederschmetternd.
All ihre Liebe und Fürsorge konnte das Leben des geliebten Mannes nicht retten.

Wieder versank sie fast in ihrer Verzweiflung. Aber sie hatte ja noch die Kinder und Enkel. Für sie lebte sie weiter.

Versonnen blickte sie wieder zu Tür. Vor ein paar Minuten noch hatte sie Katrin in den Arm genommen und versucht zu trösten.
Auch hier war es der schönste, sportlichste, beliebteste Junge aus der Schulklasse über ihr. Er hatte sie zur Disco eingeladen und mit ihr getanzt. Sie sei das hübscheste, intelligenteste Mädchen, das er kenne, hatte er gesagt und gefragt, ob sie am Sonntag mit ihm ins Kino gehen würde. Katrin sagte begeistert zu und freute sich über die neidischen Blicke ihrer Freundinnen.
Doch dann sah sie ihn nach der Schule hinter der Turnhalle mit einem Mädchen aus der Nachbarklasse, eng umarmt und knutschend.
„Stell dir das vor, Oma, und ich dachte, er liebt mich. Ich war so glücklich, und nun ist alles vorbei. Nie verliebe ich mich wieder! Nie werde ich wieder glauben, wenn mich einer anspricht, dass er es ehrlich meint!"
Es hat lange gedauert, bis Katrin nicht mehr weinte. Für ein vernünftiges Gespräch „unter Frauen", also von Oma zu Enkelin, war sie aber nicht bereit. Das würde wohl noch einige Zeit brauchen.

Kleine Katrin – dachte sie – mit Vierzehn bist du so jung. Du wirst dich noch oft verlieben, ehe der Richtige kommt.
Vielleicht hast du auch dann noch immer Vertrauen zu deiner Großmutter und erzählst mir von deiner Liebe.

Ich werde dir bestätigen, dass sie etwas Wundervolles ist, ein Geschenk.
Man ist der glücklichste Mensch, wenn man dieses Geschenk bekommt.
Und manchmal trägt es auch die Bangigkeit in sich, dass man es verlieren könnte.

Aber – was wäre die Liebe ohne Angst vorm Ende?

Tierischer Unfall

Kopfschüttelnd stand der Automechaniker vor dem Polo, den ein Kunde soeben in die Werkstatt gebracht hatte.
Er kannte den Kunden, einen Rechtsanwalt, gut. Sein Wagen wurde regelmäßig in der Werkstatt gewartet.
Aber heute gab es offensichtlich ein größeres Problem. Das hintere Nummernschild und ein Teil der rechten Kofferklappe waren eingedrückt, der Lack abgeplatzt. So, wie der Schaden aussah, konnte er eigentlich nicht von einem anderen Auto verursacht worden sein.
Neugierig fragte er seinen Kunden: „Wie ist denn das passiert?" Die Antwort verblüffte ihn derartig, dass er sie erst einmal nicht glauben wollte. „Da ist der Goldhamster meines Sohnes schuld!" Dem Mechaniker blieb der Mund offen stehen und sein Gesichtsausdruck wirkte nicht sehr intelligent. „Ein Goldhamster? Und dann so eine große Beule?"
Jetzt schüttelte der Rechtsanwalt mit dem Kopf, als könnte er den Unfall noch immer nicht fassen. „Ich wollte meinen Sohn in den Kindergarten bringen und auf dem Weg dorthin meine Frau in der Stadt absetzen. Mein Sohn hatte den Goldhamster in einem kleinen Transportkäfig auf dem Schoß, er wollte ihn den Kindern in der Kita vorführen. Meine Frau saß neben mir. Als ich rückwärts aus unserem Grundstück fuhr, schrie meine Frau plötzlich gellend auf und griff sich an den Kopf. „In meinen Haaren ist ein Tier!"
Nun brüllte unser Sohn angstvoll los: „Vorsicht, Vorsicht, Putzi ist ausgerissen, ihm darf nichts passieren!"

Ich war so erschrocken über diese Angstschreie, dass ich aus Versehen Gaspedal und Bremse verwechselte. Unser Auto schoss nach hinten auf die Mülltonne zu, die wir zum Leeren dort abgestellt hatten. Nach dem unfreiwilligen Halt befreite ich meine Frau vom Hamster, der zum Glück noch in ihren Haaren wühlte. Für ihn war das wohl ein gemütliches Nest.

Ich setzte den Hamster zurück in seinen Käfig und fragte meinen Sohn, warum er ihn herausgenommen hatte. Nicht mal schuldbewusst sagte er: „Ich wollte doch nur mal Putzi die Umgebung zeigen!" Als er das Tier hochhob, um ihn den Blick aus der Frontscheibe zu ermöglichen, ergriff der Hamster die Flucht und klammerte sich an der Frisur meiner Frau fest.

Die Fahrt zum Kindergarten erfolgte an diesem Tag etwas später und ohne Hamster.

Auch meine Frau blieb zu Hause, sie hatte mit ihren Haaren zu tun."

Nachdem der Mechanikermeister seine Gesichtszüge wieder unter Kontrolle hatte, wurden beide schnell einig über Reparaturdauer und Kosten.

„Die können Sie Ihrem Sohn ja vom Taschengeld abziehen", grinste der Meister.

Doch als er die Mimik seines Kunden sah, drehte er den Kopf schnell zur Seite.

Aber eins war ihm klar: „Diese Story werde ich meinen Mitarbeitern erzählen."

Fußball ist gar nicht so schwer!

Komm rein in die gute Stube und setz dich. Ich habe dir schon ein Bier hingestellt.

Warum hast du denn den Fernseher an? Wir wollten doch über unsere Pläne reden!

Du bist etwas zu früh gekommen. Ich sehe mir gerade das Fußballspiel Union gegen Hertha an. Gleich beginnt die zweite Halbzeit und es steht unentschieden! Ich muss unbedingt sehen, ob Union gewinnt.

Mensch Karl, du weißt doch, dass ich mich für Fußball nicht interessiere. Und was wird aus unserer Klönstunde?

Tut mir leid, Heinz, aber ich bin ein Fan von „Eisern Union". Is doch nur ne Halbzeit.

Na gut, Karl, da will ich aber wenigstens ein paar Erklärungen hören. Vielleicht verstehe ich dann deinen Fußballklaps besser.

Geht klar, Heinz. Union will doch aufsteigen und braucht einen Sieg und Punkte.

Wofür Punkte? Ich denke, die brauchen Tore?

Für einen Sieg gibt es Punkte. Und nur das zählt wirklich. Achtung da kommen die Mannschaften aus der Kabine. Union läuft in Weiß, Hertha in Blau. Pass auf, gleich gibt es den Anpfiff vom Schiri.

Anpfiff klingt gut! Wer bekommt ihn denn?

Nun stell dich doch nicht dümmer als du bist, Heinz! Das Spiel wird angepfiffen. Und schon geht's los! Union läuft zum gegnerischen Tor. Prima, los,los!

Sag mal, Karl, warum heißt dieser Kasten eigentlich Tor?

Kasten? Na du spinnst wohl? Da müsste der Torwart ja Kastenwart heißen. Aber guck mal, wie gut unsere Spieler dribbeln. Autsch, da hat Coswig nicht aufgepasst! Nun lauft doch, ihr Flaschen!

Flaschen, ein gutes Wort. Hast du noch ein Bier?

Klar, der Kasten steht unterm Tisch. Mensch das war jetzt ein gutes Zuspiel! Na los, Meier, da drüben steht doch Henri, siehst du das nicht?

Also meinst du, der hört dich, Karl?

Nee, aber mich regt auf wenn kein guter Pass gespielt wird. Das müssen die doch sehen!

Was heißt Pass? Wieso spielt man den. Ich denke den hat man!

Also Heinz, du machst mich wahnsinnig mit deinen Fragen. Hast du das gesehen? Pfui, pfui! Der Blaue hat unseren Meier gefoult! Sieht das denn der Schiedsrichter nicht. So ein Blödmann! Schiri ans Telefon!

Aber Karlchen, willst du den anrufen?

Quatsch doch nicht immer dazwischen. Mensch, jetzt ist unser Tor in Gefahr, siehst du das? Abseits, abseits! Das ist doch kein Tor!

Und was heißt „abseits"?

O Gott, du raubst mir die letzten Nerven. Abseits heißt, der Spieler steht dann näher zum gegnerischen Tor als zwei Verteidiger der der Gegenmannschaft.

Wenn ich das richtig verstehe, bedeutet das: da stürmt ein Spieler auf das Tor des Gegners zu und guckt sich, ehe er ins Tor schießt um, ob da auch zwei Gegner nahe genug an ihrem Tor stehen. Also der arme Kerl darf erst dann schießen, wenn die anderen ihn eigentlich daran hindern könnten? Mann, Mann ist Fußball kompliziert! Und dann soll auch noch der Schiedsrichter alles im Auge haben.

Dafür hat er zwei Linienrichter, die ihm helfen. Herrlich, jetzt ist Union wieder im Kommen. Los, Jupp, schieß doch, schieß endlich! Oh, oh, oh. Aus, aus!

Was schon aus?

Nein, quatsch, der hat den Ball über die Seitenlinie geschossen!

Und das darf er nicht?

Hinter der Seitenlinie ist das Aus, also außerhalb! Was

ist denn jetzt? Ich kann gar nicht hinsehen! Buh, buh, der hat Henry weggeschubst! Sieht das der Schiri nicht? So ein Eierkopp! Großer Gott, jetzt haben die Blauen doch noch ein Tor geschossen. Und wir waren doch so nahe dran! Da kommt der Schlusspfiff, keine Verlängerung. Keine Punkte für Union! Und dann noch du Döskopp mit deinen ewigen Fragen!

Ach Karlchen, reg dich ab. Wir rauchen jetzt eine Friedenspfeife und du kühlst deine Nerven mit einem guten Bier! Prost!

Der wütende Kochtopf

Leute kommt mir nicht zu nahe, ich koche!
Nicht nur wegen der Hitze unter meinem Hinterteil, sondern vor Wut!
Schon seit Wochen muss ich mich täglich mit diesem billigen Suppengemüse befassen, das so gar nicht zu mir passt. Wenn mein Freund, der Küchenschwamm, nicht immer wieder mein Inneres gründlich bearbeiten würde, hätte sich der unangenehme Geruch von Porree, Sellerie und Petersilienwurzel schon in meine Topfwand eingebrannt.
Ich fühle mich missbraucht. Schließlich bin ich ein Fleischtopf. So stand es auf meinem Preisschild, Kennzeichen: Glänzendes Metall, gläserner, wunderbar eingepasster Deckel, durch den man das Brutzeln des Gulasch beobachten kann.
Das muss doch gewürdigt werden!
Aber nein, kein Fleisch, kein Fett, keine würzige Fleischbrühe!
Ich bin anscheinend überqualifiziert und muss dankbar sein, Gemüse der billigsten Art kochen zu dürfen. Nicht mal Kartoffeln kommen in meinen Topf.
Gestern habe ich den Grund erfahren bei einem Gespräch zwischen zwei Frauen in meinem Umfeld, der Küche. Es ging um die Wirkung von Gemüsesuppe, gerade als ich wieder mal versuchte, Porree, Möhren und Sellerie gleichzeitig gar zu kriegen.
Jetzt reicht's mir. Heute wehre ich mich. Die Kochzeit ist sowieso schon überschritten.
Erst mal mit dem Deckel klappern. Das ist Schwerarbeit – er ist doch so gut eingepasst! So, und nun die

Brühe und das zerkochte Gemüse hochstemmen, unter dem Deckel durch nach unten.
Herrlich, es klappt, zischt und stinkt verbrannt.
Meine Besitzerin kommt in die Küche gerannt, dreht meinen heißen Untersatz ab und reißt das Fenster auf. Angeekelt sieht sie mich an, aber das ist mir egal. Vom Suppeninhalt ist nur noch die Hälfte im Topf, die andere Hälfte klebt an meiner Außenwand und auf der Kochplatte.
Ha, da kann sie jetzt schrubben und ich bekomme ein angenehmes Spülbad. Vielleicht denkt sie nun mal an Kartoffelsuppe mit Würstchen oder an eine wundervolle Bulette mit Bratensoße? Dann hätte diese schreckliche Gemüsesuppe-Diät ein Ende und ich könnte wieder meine gelernten Künste vorzeigen.
Drücken Sie mir die Daumen!

„Die Schuh-Geschichte“

Sie sieht die Schuhe schon von weitem. Ein Paar Stiefel stehen neben einem Laternenmast hier am Bahnhof Schönhauser Allee, ein ungewöhnlicher Anblick. Leute gehen vorbei, manche sehen sich um und fragen sich wohl, wo denn der Mensch ist, zu dem die Füße gehören, die in diese Schuhe passen. Andere schauen gar nicht hin.

Tobi ist noch mit seinem Apfel beschäftigt und beißt ein Stück ab. Sie zieht ihn an der Hand zum Straßenrand, will vermeiden, dass er die Schuhe erblickt, weil sie ahnt, dass seine Fragen ihren Spaziergang um einiges verlängern werden.

Aber schon zu spät!

„Omi, guck mal, da stehen Schuhe! Gehören die niemanden?“

„Das weiß ich nicht. Komm wir müssen weiter!“

Sie hat es geahnt, er lässt sich nicht ablenken.

„Komm doch mal, Omi, ich will mir die Schuhe ansehen. Die sind schon ganz alt. Vielleicht haben sie ein Loch und müssen zum Schuster?“

„Ich denke, sie passen seinem Besitzer nicht mehr und drücken. Der Mann dem sie gehören, hat jetzt neue Schuhe und will seine alten nicht einfach wegwerfen. Komm, Tobi, wir müssen nach Hause!“

„Aber vielleicht hat jemand sie geklaut und will den Mann ärgern, dem die Schuhe gehören?“ Tobi gibt keine Ruhe und sieht sie fragend an. Er kann nicht wissen, dass der Anblick der Schuhe am Straßenrand eine Erinnerung in ihr weckt, die sie bis heute erfolgreich verdrängt hatte.

Sie sieht sich als junge Helferin im Frontlazarett, 1944 muss es gewesen sein. Auf der Behelfsliege ein verzweifelter junger Soldat. Eine Granate hatte ihm die Beine zerfetzt, sie mussten amputiert werden.
Er weint verzweifelt und sie versucht hilflos, ihn zu trösten und weiß doch, dass es hier keinen Trost gibt.
Er blickt auf die Stiefel am Fußende, die erstaunlicherweise den Granatenbeschuss fast unversehrt überstanden haben.
„Schwester, nehmen Sie die Stiefel weg, ich kann sie nicht mehr sehen. Nie wieder kann ich sie anziehen. Was soll ich ohne Beine mit Schuhen?"
Sie nimmt die Stiefel und läuft hinaus. Er soll ihre Tränen nicht sehen. Draußen stellt sie die für ihren Besitzer nutzlos gewordene Fußbekleidung neben einen Baum, dessen kahle Äste den sonderbaren Anblick noch verschärfen.
Das Bild der Stiefel neben dem Baum brennt sich in ihr Gedächtnis ein wie eine Fotografie, sie wird das Bild nicht los, noch lange, nachdem der junge Soldat am Wundbrand gestorben war.

„Omi, warum weinst du denn?" Tobi sieht sie fragend an.
„Ich weine nicht, mir ist nur etwas ins Auge geflogen!"
Wie gut, dass der Junge nicht weiter fragt.
Plötzlich erinnert sie sich an seinen Besuch in ihrem Garten, als er begeistert barfuß durch die Pfützen lief, die der Regen auf den Wegen hinterlassen hatte.
Noch nie hat sie so sehr gewünscht wie in diesem Moment, dass die Füße ihres Enkels immer passende Schuhe haben werden, die nicht drücken und ihm keine Probleme bereiten.

„Omi, guck mal, da nimmt ein Mann die Schuhe mit und steckt sie in einen Beutel. Bestimmt kann er sie gebrauchen!“
Sie drückt Tobi an sich und freut sich mit ihm über diese glückliche Wendung.
„Komm, das müssen wir der Mutti erzählen. Und jetzt darfst du dir noch ein Eis kaufen.“
Der Laternenmast bietet nun einen ganz normalen Anblick. Niemand wundert sich mehr über ein Paar alte Stiefel, die eben noch hier standen und die Menschen, die vorbeigingen und nicht wegblickten, zum Nachdenken anregten.
So erfüllten die Schuhe noch einen Zweck, für den sie gar nicht gedacht waren. Welche Schuhe können das von sich behaupten?

Geburtstagsgeschenk mit Hindernissen

Artur ging zielsicher auf die ausgestellten Regale zu. Ilse lief unsicher hinter ihm her. Noch nie war sie in so einem großen Möbelhaus gewesen. Beeindruckt, fast verängstigt blickte sie auf die Stapel von Brettern in den verschiedensten Braun- und Beigetönen. Und das sollten Möbel sein?

Ungeduldig drehte Artur sich zu ihr um. „Schau doch mal Ilse, dieses Regal hier passt bestimmt in Timmis Zimmer!“

Ein Verkäufer im blauen Overall bemerkte Ilses Unsicherheit. „Na, meine Dame, kommen Sie mal mit, ich führe Ihnen das Regal vor. Wofür soll es denn sein?“

Artur übernahm die Antwort: „Unser Enkel hat in einer Woche Geburtstag. Er hat sich ein Regal für sein Zimmer gewünscht, in dem er seine Bücher und CDs unterbringen kann.“

„Und wie alt ist Ihr Enkel?“ wollte der Verkäufer nun wissen.

„Vierzehn Jahre“, meldete sich Ilse zögernd. Das Angebot von Regalen überwältigte sie. Artur winkte den Verkäufer zu den ausgestellten Möbeln.

„Können Sie uns dieses Gestell erklären?“

„Gern. Sie sehen bei diesem Möbelstück, dass es auch eine kleine Tischplatte zum Schreiben hat und darunter zwei Schubfächer, in die Ihr Enkel Stifte, sein Handy und CDs und andere Kleinigkeiten hinein tun kann.“

Artur, ein Mann von schnellen Entschlüssen, meinte: „Das nehmen wir. Meinst du nicht auch, Ilse?“

Ilse nickte. Sie wusste, dass Artur einen Einwand von ihr sowieso nicht ernst genommen hätte.
Der Verkäufer mischte sich nochmals ein: „Sie wissen aber, dass wir das Regal nur in Einzelteilen ausliefern, natürlich mit einer Anleitung. Zusammenbauen müssen unsere Kunden die Möbel selber!"
„Na klar", meinte Artur, „das kann ja nicht schwer sein. Da kann ich meinen Werkzeugkasten wieder aus dem Keller holen." Ilse bezweifelte das Talent ihres Mannes, hielt aber den Mund. Wenn alles schief geht, könnten sie ja ihren Sohn, Timmis Vater, um Hilfe bitten.
Alles Weitere ging schnell. Artur bezahlte an der Kasse, schritt mit Ilse am Arm aus dem Möbelhaus und startete das Auto.
Wie abgesprochen lieferten zwei Mitarbeiter des Möbelhauses am nächsten Tag das Regal in die Wohnung von Ilse und Artur. Das heißt, natürlich nicht das Regal, sondern einen Stoß Bretter, lange und kurze, schmale und breite. Außerdem die schriftliche Anleitung mit einer Skizze für den Zusammenbau. Und dann waren die beiden auch schnell wieder weg, ehe Ilse noch etwas fragen konnte. Die fünf Euro Trinkgeld allerdings hatten sie noch mitgenommen.
Ilse schlug die Hände vor das Gesicht, als sie den Stoß Bretter sah, der den ganzen Flur ausfüllte und den Zugang zu allen Türen ihrer Wohnung verlegte. Ihre Stimme zitterte, als sie Artur fragte: „Und das sollen wir allein zusammensetzen?"
„Wieso wir? Das mache ich ganz allein. Du musst mir nur die Bretter festhalten!"
Artur pinnte die Bauanleitung an die Küchentür, die für ihn am nächsten erreichbar war und begann, die

Bretter zu sortieren. Ihre Zahl stimmte mit den Angaben überein.
„Wir beginnen mit den Seiten des Regals, auf die dann die Bücherborde gelegt werden“, sprach er und drückte Ilse ein Seitenbrett in die Hand. Den zweiten Teil lehnte er an die Flurwand. Mit dem Schraubenzieher drehte er die Schrauben, die in einem kleinen Tütchen mitgeliefert waren, in die entsprechenden Leisten. Das klappte prima. Nach fast einer Stunde standen beide Seitenwände stabil an der Wand des Flures und der Bretterstapel war etwas kleiner geworden. Grönings beschlossen, für heute Schluss zu machen. Morgen ist ja auch noch ein Tag und Timmis Geburtstag erst in einer Woche.
Am nächsten Tag jedoch kam Artur ins Grübeln. Er legte die Querbretter auf einen Stapel, blickte immer wieder auf die Skizze an der Tür und las bestimmt zum fünften Mal die Anleitung durch. Ilse beobachtete ihren Mann aus der Toilette, deren Tür man momentan nicht schließen konnte. Sie bemerkte die Schweißperlen auf seiner Stirn und stieg mit einem großen Schritt über den Bretterstapel, um aus der Küche ein Bier für ihn zu holen.
Artur kniete auf der Erde und sortierte die Querbretter, legte die Schrauben dazu und schüttelte immer wieder den Kopf. Oh, Gott, seine Kniearthrose, dachte Ilse und holte ihm ein Kissen zum Unterlegen. Dankbar blickte Artur zu seiner Frau auf und nahm Kissen und Bier.
Nach einem kühlen Schluck aus der Flasche schüttelte er wieder den Kopf und brummte vor sich hin: „Die haben uns ein falsches Sortiment gebracht. Die Löcher sind an unpassender Stelle. Die Schrau-

ben reichen nicht. Und guck dir mal die Platte von dem Schreibtisch an, die kleinen Leisten für die zwei Schubfächer sind falsch angebracht. Also, ich finde das alles unerhört! Schließlich haben wir viel Geld für das Regal bezahlt!"
Mühsam stand Artur auf. Ihn ärgerte es fürchterlich, dass er so übers Ohr gehauen war. Dabei wäre der Zusammenbau für ihn doch ein Kinderspiel. Früher hat er das alles mit „links" gemacht.
Da warst du aber auch vierzig Jahre jünger, dachte Ilse. „Vielleicht ist heute alles anders beim Zusammenbauen", versuchte sie Artur zu beruhigen. Und konnte sich nicht verkneifen zu sagen: „Wir hätten doch gleich ein richtiges Regal kaufen sollen. Das wäre zwar teurer gewesen, aber der ganze Ärger hier wäre uns erspart geblieben."
Artur gab natürlich nicht zu, dass sie Recht hatte. Er hatte sich schon darauf gefreut, beim Geburtstag zu Timmi sagen zu können: „Das Regal hat dein Opa sogar selbst zusammengebaut."
Ilse schlug vor: „Wir werden Helmut anrufen, der soll erst mal einen Blick auf dein Werk werfen, bevor du noch einmal zum Möbelhaus gehst!"
Helmut, ihr Sohn, zurzeit arbeitslos, würde bestimmt vorbei kommen. Ilse wollte mit ihrem Sohn sprechen, aber Artur nahm ihr den Hörer aus der Hand und schilderte selbst, worum es ging. Hätte Ilse telefoniert, wäre er bestimmt nicht gut weggekommen. Es dauerte nicht lange, bis Helmut klingelte. Er wohnte mit seiner Familie nur ein paar Straßen weiter.
Im Flur suchte er nach einem Plätzchen, auf dem er stehen und die Lage überblicken konnte. Er sah die Seitenwände des Regals, die angepinnte Skizze und

seine Eltern, die unglücklich an den blockierten Türen lehnten und dann begann er plötzlich laut zu lachen.
Völlig irritiert blickten ihn die Eltern an.
Dann wischte er sich die Lachtränen aus den Augen und sagte immer noch lachend: „Mensch, Vater, du hast die Skizze falsch herum aufgehängt!“
Das Geburtstagsgeschenk war gerettet.

Ein Fels in der Brandung

Haltestelle am Alex. Abendlicher Berufsverkehr.
In der Straßenbahn stehen die Fahrgäste dicht an dicht, alle Sitzplätze sind natürlich besetzt.
Die junge Frau drückt ihren kleinen Sohn mit einer Hand fest an sich, in der anderen hält sie ihre Tasche fest.
„Mama, ich kann gar nichts sehen!" quengelt der Kleine
„Es dauert ja nicht mehr lange, dann können wir raus!"
Die Bahn fährt an, bleibt aber nach kurzer Zeit mit einem Ruck wieder stehen. Alle Fahrgäste werden hin und her geschüttelt und versuchen sich irgendwo festzuhalten, sofern das überhaupt möglich ist.
„He, Sie reißen mir ja die Jacke runter!" schimpft der baumlange Mann neben der jungen Mutter.
„Entschuldigung! Das war ganz spontan, ich fand nichts Besseres zum Festhalten", antwortet die junge Mutter und löst ihren Klammergriff von seinem Arm.
„Mama, ich habe Angst!" ruft der Kleine und beginnt zu weinen.
„Aber Axel, ich bin doch bei dir. Wir sind gleich zu Hause!"
Während sie versucht, das Kind zu beruhigen, schreit sie plötzlich auf: „Meine Handtasche, wo ist sie?
Bestimmt runter gefallen, als ich mich festhalten wollte!" Aufgeregt bemüht sie sich, an den Boden zu gelangen.
„Die kann jetzt keiner klauen, die liegt da unten sicher", mischt sich der baumlange Typ ein.

„Aber wenn da einer drauftritt!" Die junge Frau wird laut.
„Haben Sie denn Eier drin?"
„Natürlich nicht! Aber die Tasche wird schmutzig!"
„Mama ich muss mal!" Axel meldet sich wieder.
„Na also, das geht nun wirklich nicht!" wirft ein anderer Fahrgast ein. „Warum fahren Sie denn ausgerechnet zu dieser Zeit, wo alle von der Arbeit kommen, mir Ihrem Kind in der Straßenbahn?"
„Weil ich auch von der Arbeit komme und erst jetzt Axel von der Kita abholen konnte!"
Der ältere Mann sagt nichts mehr. Aber andere nutzen die Pause.
„Kann denn Ihr Mann nicht den Kleinen abholen?"
„Ich bin allein erziehend!"
„Ach, du Scheiße!" der Lange meldet sich zu Wort.
Da eine Durchsage vom Fahrer der Bahn: „Liebe Fahrgäste, ein Auto steht auf den Gleisen, aber es wird gleich weitergehen!"
Die Bahn fährt an und bleibt wieder mit einem Ruck stehen.
„Mama, halt mich fest!" schreit Axel. Und der Lange schreit auch auf: „Aua, das war diesmal mein Fuß! Gut, dass Sie nicht so dick sind!"
„Wann hört das Gequatsche denn endlich auf?" knurrt ein anderer. Die Rettung kommt von einer älteren Frau auf einem Fensterplatz! Sie sieht, wie die Mutter versucht, ihr Kind hochzuheben, was bei der Enge im Gang aber nicht möglich ist.
„Na komm mal her, mein Kleiner, ich nehm' dich auf den Schoß."
„Ich will aber bei meiner Mama bleiben" schluchzt Axel.

„Aber bei mir kannste aus dem Fenster gucken und sehen wie die Polizei den Autofahrer verhaftet!“
Das interessiert den Jungen sofort.
„Gott sei Dank!“ seufzt die junge Frau und versucht erneut, an ihre Tasche zu kommen.
„Nee, lassen Se mal“, meint ihr langer Nachbar. „Wenn jetzt die Bahn nochmal ruckt, dann liegen Sie mir vor den Füßen, und das kann gefährlich werden!“
Endlich kann die Straßenbahn weiterfahren und das passiert sogar fast gefühlvoll.
An der nächsten Haltestelle steigen einige Fahrgäste aus und es wird weniger eng. Nun kann die junge Frau ihrem Nachbarn endlich mal richtig ins Gesicht sehen. Ein noch junger Mann, kaut Kaugummi und macht einen lässigen Eindruck. Hätten sie sich auf der Straße begegnet, sie wären sicherlich nicht ins Gespräch gekommen.
Als er ihr die Tasche aufhebt und sogar etwas den Schmutz abreibt, muss sie lachen:
„Ein Glück, dass Sie neben mir gestanden haben. Herzlichen Dank für Ihre Hilfe und dass Sie meine Annäherung ausgehalten haben! Sie waren für mich wie ein Fels in der Brandung!“
Dem Langen ist es unangenehm, so im Mittelpunkt zu stehen. Er winkte ab und meint: „Ist doch klar, wenn man helfen kann. Ich habe ja eigentlich nichts gemacht, nur einfach dagestanden.“
„Für mich war das der beste Halt“, meint die junge Frau und dreht sich dann zu Axel um, der ganz begeistert aus dem Fenster sieht und auf einmal gar nicht mehr müssen muss.
„Kann ich Dich mal besuchen?“ fragt er seine Betreuerin. „Das ist zu weit für euch“, meint diese.

„Tschüss, und pass auf Deine Mutti auf! Die hat's nicht leicht."
Das versteht Axel nicht, aber er winkt ihr fröhlich zu, als er mit seiner Mama endlich aussteigen kann ...

Dialog am Frühstückstisch

Carola, du hast schon wieder meine Tabletten vergessen!
Wieso ich? Das sind schließlich deine Medikamente!
Gestern hast du auch nicht daran gedacht. Aber du weißt doch, wie schlecht es mir geht! Was nützen Brötchen und Butter und Eier, wenn ich Fieber und Husten habe!
Ach du Armer! Wie konnte ich das vergessen? Hast du denn noch Fieber?
Natürlich, 37,6! Fühle mal meine Stirn, die ist ganz nass vom Schweiß!
Zeig mal – ich fühle aber gar nichts!
Doch, doch, mein Kopf ist ganz heiß und meine Brust tut vom Husten ganz weh. Schlucken kann ich auch nicht richtig.
Na, dann trinke mal von dem schönen warmen Tee, das wird dir guttun.
Und eine Paracetamol wäre auch gut. Am liebsten möchte ich gleich wieder in mein Bett.
Ja, mein lieber Hans, was machen wir denn da mit unserem Besuch heute Nachmittag? Schließlich haben sich doch meine Eltern angesagt. Wir wollen doch besprechen, ob wir im Juli gemeinsam in Urlaub fahren wollen. Wenn du dich so schlecht fühlst, wird wohl nichts aus dem Besuch.
Ich werde meine Mutter gleich mal anrufen!
Carola, du bist ein Engel! Reichst du mir mal ein Brötchen rüber? Und natürlich auch ein weiches Ei. Ich glaube ich habe doch Appetit auf ein richtiges Frühstück!

Familienbande

Marianne blickt versonnen auf ihr Glas, in dem der Wein im Schein der Kerze rot schimmert. Entspannt lehnt sie sich zurück und schaut auf Michael, der im Sessel neben ihr sitzt.
Sie hat befürchtet, dass sie ihren Bruder nach der langen Trennung nicht wiedererkennt. Doch es ist das vertraute Gesicht, nur zwanzig Jahre älter.
Marianne erinnert sich gut an die Trennung damals. Sie feierte im Kreise der Familie und mit ihren Freunden ihren fünfzigsten Geburtstag. Sie tanzten nach den neuesten Schlagern. Michael legte die Platten auf und forderte sie zu einem Geburtstagstanz auf.
Am nächsten Tag fuhr er mit seinem Professor zu einem Kongress nach Nürnberg. Es war nicht das erste Mal, dass sie auf internationalen Beratungen die wissenschaftlichen Erkenntnisse aus der Pharmaindustrie der DDR vertreten durften. Die DDR hatte einen guten Ruf bei der Entwicklung neuer Medikamente.
Jedes Mal nach seiner Rückkehr erzählte Michael der Familie von seinen Eindrücken, die sich aber meist nur auf die Vorträge beschränkten. Vom Umfeld draußen sah er, schon aus Zeitgründen, wenig und sollte es wohl auch nicht.
Dieses Mal aber kam Michael nicht zurück. Ein Pharmakonzern hatte ihm ein verlockendes Angebot gemacht, das er nicht ausschlagen wollte. Der Entschluss fiel ihm nicht schwer. Von seiner Frau war er geschieden, Kinder hatte er nicht. Und der Schmerz seiner Eltern und Geschwister wog wohl nicht so schwer.

Ein gegenseitiger Besuch wurde unmöglich. Nur Briefe und Fotos gingen hin und her und hielten den Kontakt aufrecht.
Dann kam die Wende und ein Wiedersehen wurde nun möglich. Doch jetzt verhinderten familiäre Probleme ein Treffen. Michael hatte wieder geheiratet, aber seine Frau erkrankte an Krebs. Er pflegte sie bis zuletzt und konnte sie nicht allein lassen.
Marianne betreute ihre altersdemente Mutter bei sich zu Hause. Der Vater war inzwischen verstorben.
Doch nun, nach dem Tod seiner Frau hatte Michael sofort die Reise in seine alte Heimat unternommen.
Marianne denkt an ihren fünfzigsten Geburtstag, der am Beginn ihrer langen Trennung stand. Sie streichelt den Arm ihres Bruders und fragt ihn einem plötzlichen Einfall folgend: „Sag mal, könnten wir heute noch mal unseren Geburtstagstanz wiederholen? Ich habe noch die Schallplatte von damals!"
„Aber ja!" lacht Michael. Marianne gibt ihm die Platte mit ihrer Lieblingsband. Der Bruder reicht ihr den Arm zum Tanz und gemeinsam singen sie mit den Puhdys „Alt wie ein Baum möchte ich werden, genau, wie der Dichter es beschreibt."
„Wie alt du geworden bist", sagt Marianne, als sie tanzen und betrachtet ihn lange und erstaunt.

Der Weg ist das Ziel

Guten Tag, Frau Heinze, Sie sehen aber gar nicht gut aus. Sind Sie krank?

Was ist denn los mit Ihnen?

Ach, Frau Liebich mir geht's schlecht. Ich komme gerade aus der Apotheke, habe mir Beruhigungstabletten geholt.

Was regt Sie denn so auf? Haben Sie Schmerzen?

Nee, habe ich nicht aber großen Ärger.

Über uns sind junge Leute eingezogen, die machen jeden Abend sehr laut Musik.

Aber über Ihnen wohnt doch der alte Herr Schulze, ist der gestorben?

Nein, der lebt noch. Die Musiker wohnen eine Etage höher, aber der alte Schulze ist schwerhörig, den stört der Krach nicht.

Und die Musiker hört man bis zu Ihnen?

Na, nicht direkt, nur wenn man im Treppenhaus steht.

Wissen Sie, ich wollte diese Wohnung doch für meine Tochter haben. Aber die Wohnungsverwaltung hat die Musikstudenten vorgezogen. Das Einzige was ich erreicht habe ist, dass sie nur bis 22.00 Uhr spielen dürfen.

Ach, die üben wohl. Was spielen die denn für Instrumente?

Das Eine ist wohl eine Geige, klingt schrecklich. Und der Andere spielt so etwas wie Flöte. Ich finde beides scheußlich!

Und was wollen Sie nun tun?

Ich gehe jeden Abend ins Treppenhaus und passe auf, ob sie wirklich um 22.00 Uhr aufhören. Wenn ich sie erwische, dass es länger dauert, habe ich vielleicht bei der Wohnungsverwaltung eine Chance für Jakeline.

Na, ich bin ja gespannt, ob Sie Erfolg haben werden, Frau Heinze.

Tschüss bis zum nächsten Mal.

Eine Stadt nach meinem Herzen

„Weißt du wer da eben angerufen hat? unser Enkel Timmi! Wir sollen ihm bei einer Aufgabe im Fach Heimatkunde helfen."
„Warum fragt er da nicht seine Eltern?"
„Na sei doch froh, dass er zu Oma und Opa so großes Vertrauen hat! Willst du nicht wissen um was es geht?"
„Na klar doch!"
„Also, er soll beschreiben, warum ihm seine Heimatstadt Berlin gefällt. Und er weiß nicht wie er das anstellen soll. Schließlich ist er doch erst elf Jahre alt!"
„Und wie willst du ihm helfen?"
„Nicht ich, sondern wir! Schließlich warst du doch Erdkundelehrerin. Setzt dich mal neben mich. Ich habe da so eine Idee. Er soll seine Arbeit gliedern, das macht einen guten Eindruck. Etwa so: Warum gefällt mir Berlin? Was gefällt mir besonders? Wann ist Berlin am schönsten? Ich meine zum Beispiel Sommer oder Winter."
„Gute Idee. Ich bin gespannt, wie ein Kind diese große Stadt sieht. Sag mal, wie findest du denn Berlin? Du bist doch hier geboren und hast fast dein ganzes Leben hier verbracht."
„Also ehrlich, darüber habe ich in den letzten zwanzig Jahren bestimmt nicht mehr nachgedacht. Ich habe Berlin mal geliebt, aber jetzt nicht mehr. Doch der Junge ist erst jetzt geboren, er kennt Berlin nicht anders. Dich brauche ich wohl nicht zu fragen, Du bist ja nur wegen mir nach Berlin gezogen. Welche Stadt liebst du denn besonders? Bestimmt Naumburg?"

„Nein, die nicht. Ich kenne meine Heimatstadt nur vom Krieg gezeichnet. Und dann, als er vorbei war, hatte die Stadt kein Geld, um alle die Patrizierhäuser, die schönen Gassen und Straßen wieder aufzubauen. Ja, jetzt ist Naumburg wieder wunderschön. Bei meinen Besuchen habe ich zum ersten Mal mit Bewusstsein gesehen, was für eine Schönheit diese Stadt war und nun wieder ist. Aber geliebt habe ich sie, als sie kaputt war. In meiner Kinderzeit."
„Und welche Stadt würdest du wählen, wenn du über sie schreiben solltest?"
„Ich würde Weimar wählen. Als Kind war ich oft in den Schulferien bei meinen Verwandten. Die haben mir die Geschichte und seine berühmten Bewohner ganz nahe gebracht. Goethe und Schiller habe ich in ihren Häusern besucht, war im Liszthaus und im Schloss, auch an der Ilm im Gartenhaus des großen Dichters. Im Nationaltheater habe ich meine erste Oper erlebt und Konzerte unter dem Dirigat von Hermann Abendroth.
Am Denkmal der Dichterfürsten, wie man sie ehrfürchtig nennt und das am Nationaltheater steht, war ich zufällig unter dem Publikum, als Thomas Mann die Stadt besuchte und uns zuwinkte.
Stell dir vor, meine Verwandten wohnten in der Marstall-Straße in einem denkmalgeschützten Haus mit einer eindrucksvollen Auffahrt vor der Eingangstür. Dieses Haus kann man jetzt sogar in einer Vorabendkrimiserie als Polizeikommissariat erleben."
„Ja, aber zu Weimar gehört doch auch der Ettersberg und Buchenwald. Wie passt das zusammen?"
„Ich war mehrmals da oben in Buchenwald und habe mir deine Frage auch gestellt.

Ich war auch als Erwachsene oft in Weimar. Meine Verwandten wohnten genau gegenüber dem Marstall. Dort wurden von der SS Häftlinge gefoltert und ermordet. Und meine Verwandten wollen davon nichts bemerkt haben!
Auch von den Häftlingstransporten nach Buchenwald haben sie nichts gesehen und gehört, obwohl die Häftlinge vom Bahnhof aus zu Fuß auf den Berg getrieben wurden.
Dafür kann die Goethestadt aber nichts. Es sind die Menschen, die Geschichte machen, das sollten wir nie vergessen und Schlussfolgerungen daraus ziehen. Und differenzieren.
Sonst gäbe es wohl keinen Ort, keine Stätte, von der wir sagen könnten: „Eine Stadt nach unserem Herzen!"

Stoßseufzer eines Familienvaters

Ich bin Familienvater und ein konservativer Mensch, im Gegensatz zu meiner Frau verreise ich nicht gern. Zu Hause in meinen vier Wänden fühle ich mich wohl und rundum glücklich.
Natürlich bin ich dabei, wenn meine Familie von der Reise wieder zurückkehrt. Da stehe ich am Bahnsteig oder in der Flughafenwandelhalle, schließe meine Lieben in die Arme, heiße sie willkommen und spüre schon bei den ersten Worten, dass ich wie immer richtig gehandelt habe, nicht mitzufahren.
Bei der Heimfahrt sitzen die Kinder schweigend auf dem Rücksitz und heben resigniert die Schultern auf meine Frage, ob der Urlaub schön gewesen war.
„Natürlich war es schön", antwortet stattdessen ihre Mutter. „Du siehst doch, wie braun wir geworden sind! Das Wetter war toll, also wenigstens am Anfang. Dann hat es geregnet und wir konnten nicht an den Strand. Na ja, für die Kinder war das schon langweilig, aber es gab im Hotel Animateure, bei denen sie mitmachen konnten.
Außerdem waren auch ein paar Kinder von anderen Familien im Hotel, aber die waren ziemlich frech. Stell dir vor, einer von denen hat am Strand die Leute fürchterlich erschreckt, uns natürlich auch! Der hat sich eine Haifischflosse, Finne oder wie so ein Ding heißt, aus Gummi besorgt und ist damit unter Wasser geschwommen, das heißt, er war unter Wasser und die Flosse hat oben raus gesehen. Alle Leute dachten es wäre ein Haifisch am Badestrand."

Ich versuche ein anderes Thema ins Gespräch zu bringen. Ein Haifisch vor Mallorca – also, wer darauf reinfällt, hat den Schreck verdient.
„Wie war das Essen dort?“
Meine Frau schaltet wie beim Zappen mit der Fernbedienung sofort auf das neue Thema um: „Das Essen war irgendwie komisch, nicht wahr, Klausi? Wir hatten alle Durchfall und Klausi musste sogar brechen! Das Zimmermädchen hat die Nase gerümpft!
Überhaupt, der Service war schon mal besser! Handtücher wurden nur noch zweimal in der Woche gewechselt, und das, wo wir in diesem Jahr viel mehr bezahlen mussten.
Aber das habe ich dir doch schon alles geschrieben! Was, die Karte ist noch nicht angekommen? Also, nicht mal auf die Post kann man sich mehr verlassen! Stell dir vor, im Hotel haben wir auch die Lehrerin von Tina getroffen, die machte auch auf Mallorca Urlaub …“
„Die olle Zicke fehlte mir gerade noch! Wo ich sie in der Schule schon dauernd ertragen muss“, meldete sich meine Tochter vom Rücksitz.
Meine Frau ließ sich in ihrem Redefluss nicht unterbrechen. „Wir haben dir ein Souvenir mitgebracht, damit du auch was von Mallorca hast; du Armer!
Im nächsten Jahr musst du aber unbedingt mitkommen. Wir haben schon ausgemacht, wo es hingehen soll, nicht wahr, Kinder? Wir fliegen nach Tunesien! Da leben die Araber mit ihren Kamelen in der Wüste und ihre Frauen müssen verschleiert herumlaufen.“
Im Rückspiegel sehe ich, wie meine Tochter die Augen verdreht. Der Sohn sagt belehrend: „Das sind keine Kamele, sondern Dromedare.“

„Ist doch dasselbe", fährt meine Frau in ihrer Rede fort.
Ich seufze leise vor mich hin und denke an die beschaulichen Tage voller Ruhe zurück, die ich allein in unserer Wohnung verbracht habe.
Gelobt sei der Ischiasnerv, der sich rechtzeitig vor der Reise bemerkbar machte. Meinem Arzt, der mir den Flug nach Mallorca verbot, werde ich eine gute Flasche Rotwein mitnehmen.
Tunesien? Was machen eigentlich die Araber, wenn ihnen ihre Frauen auf die Nerven gehen? Schicken sie sie mit einem Kamel in die Wüste?
Nein, wirklich, ich reise nicht gerne.
Ich werde mal mit meinem Arzt besprechen, mit welchen Symptomen sich Magengeschwüre bemerkbar machen.
Können Sie mich verstehen?

Eine ungewöhnliche Diagnose

Ich war überzeugt einen wunderbaren Beruf erlernt zu haben. Kranken Menschen zu helfen, die Ursachen ihrer Leiden zu erkennen, Schmerzen zu lindern, ich konnte mir nichts Befriedigenderes vorstellen.
Sicher, es gab auch Fälle, die ich allein nicht lösen konnte. Dann beriet ich mich mit meinen Kolleginnen, schlug in Fachbüchern nach oder überwies den Patienten zum Facharzt.
Ein Allgemeinmediziner, wie ich, muss zwar möglichst über Grundkenntnisse in allen medizinischen Fachgebieten verfügen, die er nach dem Studium in mehrjähriger Ausbildung erworben hat. Aber er muss auch seine Grenzen kennen und darf sich nicht überschätzen. Nach diesen Regeln verfuhr ich in meiner Sprechstunde und fühlte mich von Tag zu Tag sicherer. Oft hatte ich mehr als fünfzig Patienten an einem Tag zu versorgen und suchte danach noch bettlägerige Kranke zu Hause auf.

In unserem Ambulatorium hatten wir auch zwei Kinderarztpraxen, die den Nachwuchs unseres Wohngebietes behandelten. Zu mir aber kamen vor allem ältere Menschen.
Die Eltern kamen bei Bedarf in unsere Abteilung und ich hatte es offensichtlich mit den Omas und Opas zu tun. Schon bald kannte ich die meisten Beschwerden und Krankheiten, die einen alten Menschen plagen. Herzbeschwerden, hoher Blutdruck, Gelenkschmerzen, Diabetes, Wirbelsäulenveränderungen, Atemnot, das waren Probleme, mit denen sich meine Patienten

herumquälten. Und in den meisten Fällen konnte ich helfen oder zumindest beraten.
Nach der Sprechstunde machte ich Hausbesuche im Wohngebiet, das in der jetzigen Form erst viel später erbaut wurde. Überall sind jetzt Neubauten und viele neue Mieter, die aus anderen Bezirken und auch den Randgebieten hierher gezogen sind.
Damals gab es in den Hochhäusern nur Einraumwohnungen, und in denen wohnten viele alleinstehende ältere Mieter, die erst seit kurzem in diesem Neubaugebiet lebten.
Zunehmend traf ich unter ihnen auf Patienten, die mir Probleme bereiteten. Wenn ich nicht eine überzeugte Schulmedizinerin gewesen wäre, die für alles eine Erklärung suchte, hätte ich vielleicht auf eine rätselhafte Epidemie getippt, die vor allem alte Menschen heimsucht und für deren Beschwerden ich kein geeignetes Medikament finden konnte.

Die Kranken zogen sich in ihre Wohnungen zurück, wurden still und trübsinnig, hatten keine Unternehmungslust mehr, ja selbst das Essen interessierte sie kaum noch. Sie litten unter Schlafstörungen, fühlten sich unwohl und konnten ihr schlechtes Befinden weder sich noch mir erklären. Alle Untersuchungen, die ich durchführte, brachten kein befriedigendes Ergebnis. Auch die Laborwerte waren nicht auffällig. Ich war ratlos.
Bis ich eines Tages einen Hausbesuch bei einer alten Dame machte, die schon viele Wochen kränkelte. Irgendwie hilflos stand ich vor ihr und wusste nicht, was ich noch tun konnte, um sie wieder im wahrsten Sine des Wortes auf die Beine zu bringen. Da sagte

sie auf einmal zu mir: „Frau Doktor, meine Krankheit ist das Alleinsein, die Einsamkeit!“
Wie ein Blitz durchfuhren mich ihre Worte. Natürlich, meine alten Patienten waren ja neu in ihren Wohnungen. Sie kannten niemanden, ihre Familien wohnten nicht in der Nähe, es gab kein Kino, keine Abwechslung. Keine Bekannten, nichts was sie aus der Isolierung hätte herausholen können.
Diese kleine alte Dame machte mir mit ihrer Klage auf einmal klar, dass Medizin allein nicht immer ausreichende Therapie ist, sondern dass ich mir als Hausarzt darüber Gedanken machen muss, eine Behandlung gegen Einsamkeit zu finden.

Seitdem hat sich mein Leben sowohl als Ärztin, als auch als Privatperson geändert.
Es ist anstrengender, aber auch erfüllter geworden. Selbst, nachdem ich nicht mehr in meinem Beruf arbeiten konnte, habe ich fast täglich Kontakt zu älteren Menschen.
Ich habe ihre Wünsche und Bedürfnisse erforscht und mich dafür eingesetzt, Einsamkeit im Alter zu bekämpfen. Habe Gleichgesinnte gesucht und mit ihnen Projekte entwickelt, die wir mit Leben erfüllten. So bin ich in meinem Wohnbezirk bis hin zum Ortsteil unserer Stadt zum Anlaufpunkt, zur Fachfrau für erfülltes Leben im Alter geworden.

Ganz nebenbei habe ich die großartige Entdeckung gemacht, dass psychisches, emotionelles Wohlbefinden sogar Krankheiten und Beschwerden, Schmerzen und altersbedingte gesundheitliche Probleme zurückdrängen und erträglicher machen können.

Schade, dass diese Erkenntnis in der Ausbildung der Mediziner damals keine Rolle spielte.
Heutzutage unternimmt man viel, auch Ärzten ist diese Problematik bewusst, doch es gibt immer noch viel zu viel einsame Menschen, die mit den Folgeerkrankungen des Alleinseins zurechtkommen müssen.

Das Konzert

Was für ein Tag! Die Anstrengungen der Generalprobe kann ich meinen Sängerinnen vom Gesicht ablesen. Ungewohnt still ist es in der kleinen Garderobe im Schauspielhaus am Gendarmenmarkt, die wir uns mit unseren Freunden aus Wilmersdorf teilen.
Die Stühle reichen nicht für alle. Wir überlassen sie den Ältesten. Ich versuche, mein Lampenfieber zu unterdrücken, taste nach meiner Stimmgabel. Nervös schiebe ich sie unter das Uhrarmband, so kann ich sie immer fühlen.
Mein Wilmersdorfer Kollege ist die Ruhe selbst. Schließlich bewegt er sich hier auf gewohntem Boden. Er ist Mitglied im Staatsopernchor und hat schon oft im Schauspielhaus gesungen.
Aber ich sitze normalerweise unten im Saal und gehöre zu den begeisterten Konzertbesuchern. Die Vorstellung, in wenigen Minuten mit meinem Chor im Scheinwerferlicht auf der Bühne zu stehen, bringt meinen Puls zum Flattern. Meine Gedanken kreisen nur noch um den Wunsch: Hoffentlich geht alles gut – hoffentlich gebe ich den richtigen Ton an – hoffentlich klappt es mit der Aufstellung – hoffentlich sind wir gut zu hören – hoffentlich – hoffentlich – hoffentlich ...
Die Klingel des Inspizienten ruft die Chöre auf die Bühne!
Ich schare meine Sängerinnen um mich und nehme im Unterbewußtsein wahr, wie gut sie in ihrer hellblauen Kleidung aussehen.
Die Wilmersdorfer Freundinnen winken uns noch zu – sie müssen auf die große Bühne. Wir steigen die

Treppen nach oben und betreten unter dem Beifall des Publikums den Chorbalkon. Mir kommt es vor, als stehe ich neben mir. Im festlichen Licht der prachtvollen Kronleuchter sehe ich, daß der große Konzertsaal mit einem erwartungsfrohen Publikum gefüllt ist. Ich weiß, daß dort unten viele Freunde sitzen, die uns die Daumen drücken. Doch ich bin zu aufgeregt, um jemanden zu erkennen.
Vom gegenüberliegenden Teil des Chorbalkons winkt mir Manfred zu, der mit seinem Potsdamer Chor Aufstellung genommen hat. Auch unter uns auf der großen Bühne haben eng gedrängt, Stuhl an Stuhl, die Mitwirkenden von vier Chören Platz genommen. Ich erkenne die Wilmersdorfer direkt neben dem Konzertflügel, von dem aus sie bei ihrem Vortrag begleitet werden sollen.
Was für ein ungewohnter Anblick in diesem wunderschönen Saal.
Fast zweihundert Sängerinnen und Sänger, alle im fortgeschrittenen Alter, viele mit weißem Haar, konzentriert und fest entschlossen zu zeigen, was alte Menschen zu leisten imstande sind.
Langsam geht das Licht aus, nur die Bühne ist hell erleuchtet.
Die Zuhörer, die sich noch leise unterhalten haben, werden ganz still.
Alle Chöre erheben sich bewundernswert diszipliniert gleichzeitig und stimmen gemeinsam das Bundeslied von Goethe an, das Carl Friedrich Zelter vertont hat:
„In allen guten Stunden ..."

Festlich und froh klingt es. Beim Singen muss ich unvermutet an die berühmten Komponisten denken,

deren Büsten rings an den Wänden des Konzertsaals angebracht sind. Ihre unsterblichen Werke erklangen zu allen Zeiten in diesem Haus. Und jetzt stehen und singen wir hier – es ist wie ein Wunder.
Doch schnell fange ich meine Gedanken wieder ein und schaue hinüber zu Manfred. Sein Chor beginnt als erster mit dem Solovortrag. Manfred hat ein besinnliches, nachdenkliches Lied ausgewählt. „Ruhe" heißt es. Leise endet es.
Mit herzlichem Beifall dankt das Publikum.
Jetzt wir! Voller Konzentration übernehmen meine Sängerinnen den Ton. Sofort werde ich ruhiger. Nun singen wir das Lied, das wir so lieben: „Setzt ich mir ein Bäumchen vor das neue Haus – Friede, Friede für das Bäumchen, Friede für das Haus."
Im einsetzenden Beifall löst sich meine Spannung. Eine Riesenlast fällt mir von der Seele. Wir haben es geschafft!
Gelöst verfolge ich das Programm, freue mich für jeden einzelnen Chor, schmunzele über die fröhlichen Lieder des Potsdamer Jugendchores, der als klug ausgewähltes Pendant zu unseren Seniorenchören auf die Bühne gekommen ist. Zuletzt singen unsere Wilmersdorfer Freundinnen unter der temperamentvollen Leitung ihres jungen Dirigenten das zauberhafte Ständchen von Franz Schubert:
„Zögernd, leise, in des Dunkels nächt'ger Stille ..." im Zwiegesang mit einer jungen Solistin. Ich lausche verzaubert, glücklich. Ein Traum ist für mich Wirklichkeit geworden. Meine Seniorenchöre hier, auf der Bühne des weltberühmten Schauspielhauses – ich beginne erst jetzt zu begreifen, daß es wahr ist.
In der Konzertpause bedanke ich mich bei meinen

überglücklichen Sängerinnen, laufe nach unten zu meinen Kollegen, drücke auf den Fluren viele Hände, schwebe wie auf einer Wolke.
Eigentlich kann es nun gar keine Steigerung mehr geben. Doch dann kommt der Konzertchor der Staatsoper zu uns auf die Bühne und sein Dirigent hebt den Taktstock. Stolz und voll innerer Bewegung singen wir gemeinsam mit diesem berühmten Chor drei Chorsätze von Gluck, Beethoven und Kreutzer.
Was für ein Erlebnis!
Wir haben seinen freundlichen, bescheidenen Chorleiter in vielen Vorbesprechungen kennengelernt und heute früh in der Generalprobe staunend erlebt, wie einfühlsam er auf unsere für ihn so ungewohnten Seniorensänger einging und uns alle Angst vor dem gemeinsamen Auftritt nahm.
Mit seinem Konzertchor bringt er diesen unvergesslichen Tag zu einem krönenden Abschluss. Vor einem begeisterten und faszinierten Publikum im Saal und auf der Bühne erklingen Ausschnitte aus Carl Orffs „Carmina Burana". In den gewaltigen Schlußchor stimme ich aus vollem dankbarem Herzen ein: „O, Fortuna!"

Vera

Ein Déja-vu-Erlebnis in der U-Bahn.
Ich fuhr müde nach Hause und ärgerte mich über ein kleines Mädchen mir gegenüber, das auf seinem Platz herumzappelte, auf der Bank kniete und zum Fenster hinaussah, Rechts und links daneben wahrscheinlich die Eltern. Sie hatten osteuropäische Gesichtszüge. Kamen sie vielleicht aus Russland?
Dem Vater wurde die Zappelei der Tochter zu viel. „Saditje, Vera!"
Aha, also Russisch, dachte ich. Die Kleine, etwa 5 Jahre alt, setzte sich und drehte dabei ein Erinnerungskarussel in meinem Kopf um über 50 Jahre zurück.
Mein Gegenüber hatte lange schwarze Zöpfe, trug einen Mittelscheitel und sah mich prüfend an.
Diese Situation habe ich doch schon einmal erlebt, ging es mir durch den Kopf. Vor vielen vielen Jahren als ich noch als Kinderkrankenschwester in der Naumburger Kinderklinik arbeitete.
Eines Morgens kam der Chefarzt ins Zimmer in Begleitung eines russischen Offiziers und dessen Ehefrau. Sie brachten ihre kleine schwerkranke Tochter zu uns. Ein Transport ins nächstgelegene sowjetische Militärkrankenhaus wäre für das Kind in diesem lebensbedrohlichen Zustand unverantwortlich gewesen. Sie hatte lange schwarze Zöpfe und hieß Vera.
Und nun sitzt hier in der U-Bahn wieder eine kleine russische Vera, die ihrem Vorbild sehr ähnelt und mir Situationen in Erinnerung ruft, an die ich seit mehr als einem halben Jahrhundert nicht mehr gedacht habe.
Ein Déja-vu-Erlebnis eben!

Wir Schwestern standen damals völlig ratlos an Veras Bettchen.
Uns fehlten im wahrsten Sinn die Worte. Unsere Verlegenheit war groß und besonders ich ärgerte mich sehr, weil ich im Russisch-Unterricht so wenig Ehrgeiz gezeigt hatte. Ich konnte zwar noch viele Sehenswürdigkeit Moskaus aufzählen. Aber die im Augenblick wichtigste Frage: „musst du mal aufs Töpfchen?" konnte ich nicht stellen, denn die war im damaligen Lehrplan nicht vorgesehen.
So kam es, dass einige Wochen lang ein Wörterbuch der russischen Sprache neben den Fieberthermometern zu unserem wichtigsten Handwerkzeug gehörte.
Indessen erwies es sich, dass Vera bald schneller Deutsch lernte, als wir Russisch. Sie hörte es ja von den deutschen Kindern, die mit ihr im Zimmer lagen.
Vera war sechs Jahre alt, recht aufgeweckt, aber eben doch noch ein Kind. Sie passte sich erstaunlich schnell der ungewohnten Umgebung an. Aber wir fürchteten den Zeitpunkt, an dem für das kleine Mädchen Heimweh und das Gefühl der Isolierung übermächtig werden würde.
Und wirklich, als eines Tages die Eltern nach der Besuchszeit wieder nach Hause gingen, war es um Veras Fassung geschehen. Sie schrie und weinte und konnte nicht begreifen warum sie dableiben musste.
Ich trug das schluchzende und zitternde Mädchen im Zimmer umher und versuchte, es zu beruhigen und zu trösten. Da zeigte es sich, dass es gar nicht so wichtig ist, die selbe Sprache zu sprechen. Vera spürte instinktiv, dass ich sie lieb hatte und ihr helfen wollte. Sie beruhigte sich und von diesem Tag an hatte ich das Gefühl, dass sie mir vertraute.

Ja, Vera ernannte mich sogar zu einer Art Vizemutter. Was blieb mir anderes übrig als zu den Freuden auch alle Pflichten zu übernehmen, die sich daraus ergaben.

Nur ich sollte sie jeden Morgen kämmen. Nur von mir nahm sie die bitter schmeckenden Medikamente an. An keinem Abend durfte ich nach Hause gehen, bevor ich nicht eine Geschichte aus Veras dickem russischen Märchenbuch vorgelesen hatte.

Das übte mich außerordentlich im Lesen der russischen Sprache; mein Lehrer wäre sich stolz auf mich gewesen. Doch ich verstand meist nicht, was ich da vorlas und bekam oft einen vorwurfsvollen Blick, wenn ich an einer lustigen Stelle nicht gelacht hatte.

Anfangs wunderte ich mich über die Länge der russischen Märchen, bis ich eines Tage dahinter kam, dass meine kleine Vera sich die Märchen mit den meisten Seiten heraussuchte, damit sich das Lesestündchen möglichst lange herausziehen sollte.

Wir waren froh, dass wir uns nach einiger Zeit mit Vera in unserer Muttersprache unterhalten konnten. Dabei ergaben sich oft heitere Situationen, denn Vera sprach genauso, wie sie es von uns oder den kleinen Mitpatienten hörte.

Eines Tages rief sie beim Frühstück mit rollendem „rrrr“: „Schwesterrr Tina, gibst du mir noch eene Bemme?“

Da hatte sie sich ausgerechnet unseren Klaus als Vorbild genommen, der von allen Kindern im Zimmer den schönsten halleschen Dialekt sprach.

Wieder einmal war ein Besuchstag vorbei. Vera saß nachdenklich in ihrem Bett und murmelte vor sich hin: „Arme Vera! Stimme is kaputt! Vera kann nich mehr sprechen!" Ich begriff nicht, was sie meinte, bis sie mir schließlich erklärte: „Nu, Pappa von Klaus sagen, Vera sprechen so gebrochen. Is meine Stimme kaputt?"

Je länger unsere kleine sowjetische Freundin in unserer Klinik lag, umso größere Fortschritte machte ihre Genesung. Alle Schwestern und Ärzte freuten sich mit Veras Eltern über diesen Erfolg, der im Kampf gegen eine heimtückische Krankheit errungen worden war.

Sogar Ärzte von ganz anderen Stationen, ja selbst Küchenfrauen und der Hausmeister guckten manchmal zu unserer Zimmertür herein, winkten Vera freundlich zu und fragten: „Na, wie geht es dir, kleines Mädchen?" Die Antwort lautete immer und voller Überzeugung: „Serrr prrrima!"

Nur mit dem Stationsarzt konnte Vera sich nicht anfreunden, weil er ihr oft schmerzhafte Spritzen geben musste. Vera grollte deshalb nachdrücklich mit ihm.

Bei einer Visite wollte er von Vera etwas wissen, aber sie brummelte nur ein paar russische Worte vor sich hin.

Geduldig fragte der Doktor erneut: „Vera, ich verstehe dich nicht, sprich doch deutsch!"

Da blitzte sie ihn aus dunklen Augen an und sagte mit finsterer Stimme:

„Jetzt habe ich Kopfschmerrrzen, da sprrreche ich rrrussisch!"

Ich war froh, dass ich dienstfrei hatte als Veras Eltern ihr genesenes Töchterchen wieder nach Hause holten.

Die Eltern hinterließen mir einen wunderschönen Rosenstrauß.

Veras Andenken für mich war ein kleines selbstgebasteltes Kastanienmännchen, das lange auf meinem

Schreibtisch stand. Ich konnte mich nicht davon trennen, selbst als seine Streichholzbeine schon bedenklich wackelten.
Meine Erinnerungen sind nach so vielen Jahren verblasst. Das Déja-vu-Erlebnis in der U-Bahn hat sie zurückgebracht, als wären sie gestern gewesen.
Ich wüsste gerne, was aus meiner kleinen Vera geworden ist.

Mein Freund Max

Schon lange wollte ich Ihnen erzählen, dass ich seit drei Jahren einen Freund habe.

Freunde hatten mich auf ihn hingewiesen, doch er war überhaupt nicht mein Typ. Aber seine Hilfsbereitschaft überwältigte mich. Wir brauchten einige Zeit, ehe wir uns aneinander gewöhnt hatten. Und wir wohnen auch nicht zusammen - noch nicht! Ich lebe in der sechsten Etage, Max unten im Haus.

Sie wissen ja, ich kann nicht mehr so gut laufen und brauche vor allem auf der Straße Unterstützung. Da kam Max wie gerufen. Es klingt wahrscheinlich ein bisschen verrückt, wenn ich das so sage, aber ohne Max (oder Mäxchen wie ich ihn manchmal schon nenne) kann ich mir ein Leben außer Haus kaum noch vorstellen.

Max hilft mir beim Einkaufen und muss oft schwer tragen, vor allem die Wasserflaschen. Dann habe ich immer ein schlechtes Gewissen. Aber er beschwert sich nicht.

Wenn ich so überlege, wir reden kaum miteinander. Wir verstehen uns auch so. Max kann sehr unangenehm werden, wenn er mit mir nicht einverstanden ist. Anfangs wollte ich auf der Straße manchmal schneller gehen, als für mich gut war. Da ist Max einfach stehen geblieben, ging keinen Schritt weiter und ich wäre beinahe gestürzt.

Jetzt weiß ich Bescheid und er meint es ja gut. Er hat wirklich starke Arme. Und wenn ich mich auf sie stütze, fühle ich mich sicher.

Wissen Sie, was ich richtig genieße? Wenn ich mich unterwegs mal ausruhen, also hinsetzen muss, kann ich mich zurücklehnen und Max legt seinen Arm um meine Taille. Das hat schon lange kein Mann mehr bei mir gemacht. Ein tolles Gefühl! Natürlich bedanke ich mich dann bei Mäxchen und streichle seinen Arm. Da verstehen wir uns wortlos!
Ich bin glücklich, dass ich so einen guten Freund habe.
Ach so, Sie wissen ja noch gar nicht, wie mein Freund mit Nachnamen heißt?
Ein sehr bekannter Name: Rollator!

Eine Straßenbekanntschaft

Donnerstag herrscht auf dem großen Platz vor unserer Kaufhalle geschäftiges Markttreiben.
Ich besorge meinen Wochenendeinkauf gern an diesem Tag, schlendre mit meinem Rolli durch das Gewimmel der zahlreichen Marktbesucher, die an den bunten Ständen nach frischen und preiswerten Angeboten Ausschau halten.
Das quirlige Durcheinander der Kauflustigen macht mir Spaß. Ich amüsiere mich über die lautstarken Lockrufe des türkischen Gemüsehändlers, der seine Ware anpreist, schnuppere die verwirrenden Geruchsmischungen von Quarkkeulchen, Räucherfisch und Bratwurst vom Rost.
Wenn ich die frischen Landeier aus Brandenburg und die Hähnchenschnitzel vom Geflügelstand bekommen habe, führt mich mein Weg zu Kaisers.
Falls es nicht schon zu spät am Tage geworden ist, treffe ich dort auf einen Mann, der mir fast schon zu einem guten Bekannten geworden ist. Er steht an den Stufen, die zum Eingang der Kaufhalle führen, so dass jeder Kunde, der hinein oder heraus will, an ihm vorbeigehen muss. Zweimal im Monat steht er hier und bietet die neueste Ausgabe seiner Straßenzeitung an. „Motz“ heißt sie und ich lese sie gern und aufmerksam, denn sie ist erstaunlich gut geschrieben. Sie berichtet vom Leben der Obdachlosen in unserer Stadt, also auch von diesem Verkäufer. Die Zeitungen hat er über den linken Arm gelegt, mit der anderen Hand nimmt er das Geld entgegen und steckt es in seine Jackentasche.

Er hat es nicht nötig, die Zeitung laut auszurufen wie seine Kollegen, die ich oft in der U-Bahn erlebe. Man kennt ihn. Er gehört zum Markttreiben, immer donnerstags und das schon seit mehreren Jahren.
Man sieht ihm an, dass er die Einnahmen aus dem Zeitungsverkauf dringend braucht. Seine Jacke ist dünn und schäbig, die Hose abgewetzt. Auf dem Kopf trägt er eine Kappe von undefinierbarer Farbe und die strähnigen grauen Haare, die darunter herausschauen und ihm bis zur Schulter gehen, haben wohl schon lange keinen Friseur mehr gesehen. Wie alt er wohl sein mag? Schwer zu schätzen. Vielleicht fünfzig, vielleicht sechzig Jahre?
Die Kunden, die ins Einkaufszentrum eilen, haben sich offensichtlich längst an ihn gewöhnt. Kein taxierender, abwägender Blick, im Gegenteil, manche nicken ihm zu oder grüßen ihn, wie auch ich es immer tue. Er freut sich, wenn er mich sieht, weil er weiß, dass ich ihm eine Zeitung abkaufe. Die zwei Euro habe ich meist schon passend in der Manteltasche oder er bekommt sie, wenn ich beim Einkauf mein Geld gewechselt habe.
Oft habe ich mich schon gefragt, welchen Beruf er wohl hatte, bevor sein Leben auf der Straße begann. Wo mag seine Bleibe sein? Manchmal habe ich mit dem Gedanken gespielt, ihn an den Backtresen bei Kaisers zu einer Tasse Kaffee einzuladen. Aber eine gewisse Scheu hat mich bisher davon abgehalten. Trotz aller Zeichen der Armut wirkt er selbstsicher, strahlt Ruhe, fast möchte ich sagen, Würde aus, die ich nicht beschädigen will.
Aber einmal habe ich ihn gefragt, ob er ein Dach über dem Kopf hat und ob er von dem kargen Erlös beim

Zeitungsverkauf leben könne. Doch, meinte er, er käme zurecht. Bei jeder Neuausgabe der „Motz“ stünde er ja nicht nur auf unserem Markt, sondern jeden Tag vor einer anderen Kaufhalle. Außerdem gehöre er zum Redaktionsteam dieser Zeitung und bekäme dafür auch einen kleinen Obolus.

Als ich mich mit meinen vollgepackten Taschen an ihm vorbei auf den Heimweg mache, wünscht er mir noch ein gutes Wochenende, blickt neidlos schmunzelnd auf den beladenen Rolli und meint, dass ich sicher lieben Besuch erwarte.
Ich nicke, obwohl mein Einkauf eigentlich an jedem Wochenende so reichlich ausfällt.
In meinem Inneren schäme ich mich und stelle mir die Frage, wer von uns beiden wohl zufriedener ist. Ich bei meinem guten und genussvollen Leben oder er, der vom Verkauf einer Straßenzeitung und von Spenden der Vorübereilenden leben muss und trotzdem seine Selbstachtung nicht verloren hat. Widerstrebend gestehe ich mir ein, dass wohl ich es bin, die ihn dafür beneidet.

Stimmen in der Weihnachtsnacht

Die Weihnachtsnacht umgibt mich mit ihrem besonderen Zauber. Die Wärme des Zimmers hüllt mich ein, das Leuchten der vielen Kerzen taucht das Zimmer in festliches Licht. Noch nehme ich den Duft der längst verglommenen Räucherkerzen wahr, trinke einen Schluck Rotwein und lehne mich entspannt zurück.
Wie immer am Weihnachtsabend genieße ich die Stille und Ungestörtheit. Meine Freunde, meine Familie, alle wissen, dass ich am 24. Dezember allein sein möchte – ohne fröhliche Gäste, ohne Festtagstrubel.
Ich will ausruhen und Kraft schöpfen, will mit meinen Gedanken und Erinnerungen an das vergangene Jahr Zwiesprache halten.
Aus dem Radio erklingt weihnachtliche Musik. Müdigkeit ergreift mich, ich schließe die Augen, befinde mich wie in einem Schwebezustand. Vielleicht träume ich schon?
Die Chormelodien aus einer Mitternachtsmesse klingen wundervoll. Sie erfüllen mich mit tiefer Freude und doch auch mit Wehmut.
So könnte wohl der Chor der himmlischen Heerscharen ertönen, wie er in der Weihnachtsgeschichte geschildert wird. Ja, so müssten Weihnachtslieder gesungen werden – strahlend, lieblich, anrührend.
Ich spüre, warum es mir wehmütig ums Herz ist. Ich denke an meinen Chor, den ich seit vielen Jahre leite, denke an die unzähligen Übungsstunden, an das Engagement meiner Chormitglieder, an ihren Eifer, ihre Einsatzfreude. Und doch werden wir nie so vollendete, beglückende Leistungen erreichen. Das wissen

wir. Doch ich spüre den Ehrgeiz in meinem Inneren, spüre, dass mich der selbst gestellte Anspruch und das nie erreichte gewünschte Ziel traurig machen.
„Du solltest dankbar sein!" höre ich eine Stimme neben mir. Kommt sie aus meinen Gedanken? Träume ich nur?
Weitere Stimmen gesellen sich zu der einen. Ich kann meine Augen nicht öffnen, bin aber hellwach. „Wer seid ihr?" frage ich, ohne die Lippen zu bewegen.
„Wir sind Grüße, die in der Weihnacht eine Stimme erhalten. Wir sind Gefühle, die nur heute ausgesprochen werden. Wir wollen dir Empfindungen mitteilen, die du sonst nie erfährst."
„Wer hat Euch geschickt?" frage ich und gebe mich der zauberhaften Stimmung hin.
„Wir gehören zu den vielen Menschen, denen du mit Deinem Chor Freude gebracht hast. Wir gehören zu den Hörern, die ihr mit euren Liedern glücklich macht, weil sie uns an unser Leben, an unsere Vergangenheit erinnern, die wir schon längst vergessen glaubten.
Es fällt uns schwer auszudrücken, wie wohl wir uns fühlen, wenn wir in eure Lieder einstimmen dürfen.
Du stehst immer mit dem Rücken zu uns. Du siehst nicht, wie unsere Augen leuchten, auch wenn unsere Mimik kaum eine Bewegung zeigt. Wir sitzen unten im Saal, deine Chormitglieder erkennen in unseren Gesichtern das Echo auf eure Musik!"
Ich empfinde tiefe Ruhe, je länger die Stimmen zu mir sprechen. Die Wehmut über den Zwiespalt zwischen unerreichbaren Zielen und unvollkommenen Ergebnissen spüre ich kaum noch.
Was hatte die erste Stimme geraunt? „Du solltest dankbar sein!"

Sie hat Recht. Nicht an Wunschziele denken, sondern an die Aufgaben, die uns gestellt wurden. Wir wollen vielen Menschen mit unseren Liedern Freude bereiten, und das so gut, wie es uns nur irgend möglich ist. Das ist unser Geschenk an unsere Zuhörer und damit auch an uns selbst.
Aus dem Radio erklingt der wunderschöne Schlusschor des Weihnachtsoratoriums meines Lieblingskomponisten Johann Sebastian Bach, gesungen von einem weltberühmten Knabenchor.
Wir sangen in unseren Konzerten schlichte, aber berührende Weisen. Damit weckten wir die Erinnerungen, gaben Freude und das Gefühl der Geborgenheit. Wir spürten die wunderbare Empfindung, einfach für andere Menschen da zu sein und damit auch eigene Sorgen und Probleme zu meistern.
Mit dem Schlusschor des Oratoriums scheint sich der Zauber zu lösen, der mich in seinen Bann gezogen hat. Wieder umfängt mich die wohlige Wärme meines Zimmers. Auch die Kerzen leuchten noch immer ruhig und erfüllen den Raum mit festlichem Licht.
Ich habe meinen Erinnerungen nachgehangen, mit denen ich allein sein wollte. Nun freue ich mich auf das neue Jahr mit den Anforderungen, die es für uns bereithält.
Sie zu erfüllen, ihnen gerecht zu werden, soll unser Ziel sein.

Das Kamel und ich

Vor einigen Jahren war ich mit dem Reiseclub der Volkssolidarität in Ägypten, genau gesagt zum alljährlichen Frühlingsfest, das jedes Jahr in einem anderen Land stattfindet. Mein Auftrag war, beim großen Abschlussfest die Grüße des Präsidenten der Volkssolidarität zu überbringen und eine kleine freundliche Rede zu halten.

Das Frühlingsfest findet in mehreren Durchgängen statt, oft nehmen Tausende Mitglieder unseres Verbandes daran teil und weil unser Präsident nicht überall dabei sein kann, vertreten ihn die Vorsitzenden der Landesverbände, also auch ich.

Es ist eine angenehme Aufgabe. Man wird einer der zahlreichen Reisegruppen zugeteilt, fährt mit ihr im Bus zu den ausgewählten Sehenswürdigkeiten und erlebt hautnah die Begeisterung der Mitreisenden. Natürlich auch ihre Probleme, wenn mal nicht alles so klappt, wie vorgesehen. Aber man hat keine Verantwortung zu tragen. Die liegt beim Reiseleiter. Unser Auftrag ist, den großen Verband der Volkssolidarität nach außen und nach innen zu repräsentieren. Wir genießen diesen Kurzurlaub frei von allen Aufgaben, von der Verantwortung, die uns zu Hause im Landesverband nach der Heimkehr wieder erwarten.

Zurück zum Frühlingsfest in Ägypten. Da war ich es, die unerwartet Probleme bekam. Am zweiten Tag stolperte ich, stürzte und verletzte mein linkes Bein.

Das Laufen war sehr schmerzhaft und am liebsten wäre ich im Hotelzimmer geblieben. Aber heute stand der Ausflug zu den Pyramiden auf dem Programm.

In Ägypten sein und die berühmten und gewaltigen Denkmale uralter Kultur nicht zu sehen, also das geht nicht. Wir würden ja mit dem Bus bis zum Ziel gefahren werden, da konnte ich im Bus das Bein hoch legen.

Ich war zuversichtlich und ahnte nicht, dass der Ausflug einige Überraschungen für mich bereithielt.

Die erste Überraschung kam sehr bald. Ich hatte die Pyramiden mitten in der Wüste erwartet. Stattdessen lagen sie beinahe vor den Toren Kairos. Man kann sie von dort fast sehen. Vor den Pyramiden liegt ein riesiger Parkplatz, vollgestellt mit Reisebussen. „Armer Pharao!" Ich wurde um einige Illusionen ärmer. Hier prallten Welten aufeinander – uralte Geschichte und moderner Tourismuskommerz.

Nach einem Vortrag unseres Reiseleiters über die Geschichte der Pyramiden wurde angesagt, dass unsere Reisegruppe nun etwa zehn Minuten zum Ziel der nächsten Besichtigung laufen muss.

Mit meinem kranken Bein konnte ich da nicht mithalten. Doch am Fuße der Pyramiden allein auf die Rückkehr der Gruppe warten wollte ich auch nicht.

Ein einheimischer Kamelbesitzer bemerkte mit gutem Gespür meine Unschlüssigkeit und zog mich gestikulierend und radebrechend zu seinem Tier.

Himmel, war das groß! Da würde ich nie hinauf kommen. Ich drehte mich zu meiner Reisegruppe um, aber die war bereits unterwegs zu den unterirdischen Grabkammern. Verzweifelt blickte ich auf das wiederkäuende Tier, das stoisch über mich hinwegsah.

Sein Besitzer merkte, dass ich mich in mein Schicksal fügte und gab dem Kamel den Befehl, sich auf den Boden zu knien. Der Sattel hatte je nur einen stockartigen Griff vorn und hinten, an dem man sich festklammern konnte. Ein Glück, dass niemand aus der Gruppe sah, wie ich versuchte, mein krankes Bein über den Kamelrücken zu schwingen. Endlich saß ich auf dem Sattel, und das Kamel stand auf. Aber wie! Erst hinten, so dass ich nach vorn kippte, und dann vorn, so dass ich wieder ins Gleichgewicht kam. Ich schwitzte nicht nur wegen der sengenden Sonne! Der Kamelbesitzer nahm sein Tier am Strick und zog es vorwärts. Jetzt begriff ich, warum ein Kamel auch Wüstenschiff genannt wird. Im Passgang schwankte es von rechts nach links und wieder zurück. Und ich versuchte, mich am Griff festzuhalten.

Bald hatten wir die Gruppe eingeholt, und ich schwebte oder schwankte hoch über den Köpfen der anderen. Neben uns lief ein kleines Eselchen, das keinen Passagier gefunden hatte. Ich konnte mir das Bild vorstellen, das wir abgaben.

Ein Esel, ein Kamel und oben drauf die Landesvorsitzende der Berliner Volkssolidarität. Und das nennt sich repräsentieren!!

Übrigens war das Absteigen noch schlimmer als das Aufsteigen. Das Kamel begann nämlich hinten niederzuknien, so dass ich fast einen Salto rückwärts gemacht hätte, wenn nicht der Kamelführer mich vorsorglich festgehalten hätte.

Auf dem Rückritt zum Busparkplatz war ich schon ein bisschen geübter und glücklich, als ich auf den hintersten Busplätzen mein Bein wieder hochlegen konnte.

Am Abend ging es dem Bein und mir schon viel besser, und die folgenden Tage verliefen ohne Probleme. Am letzten Abend, der für die Reisenden mit Folklore

und landestypischem Essen festlich gestaltet wurde, konnte ich schließlich meiner Repräsentationspflicht nachkommen und zu den Mitgliedern sprechen.
Alle waren zufrieden.
Natürlich hat es einen Grund, warum ich mich gerade jetzt an die Reise nach Ägypten erinnere.
Im vergangenen Jahr hatte ich nach zwölf Jahren den Vorsitz im Vorstand unseres Landesverbandes abgegeben. Zum Abschied hatte ich den Mitarbeiter für Öffentlichkeitsarbeit unseres Landesverbandes gebeten, mir ein paar Fotos zusammenzustellen, die mich an wichtige oder besonders interessante Augenblicke aus meiner Zeit als Landesvorsitzende erinnern würden.
Er übergab mir eine gelungene Fotodokumentation eines nicht unwichtigen Teils meiner jahrelangen Arbeit, nämlich, unseren Landesverband zu repräsentieren. Manches hatte ich schon vergessen, aber es gab natürlich auch Momente, die immer in Erinnerung bleiben werden:

- Da ist der Händedruck mit dem Bundespräsidenten, als er eine unserer Kitas besuchte.
- Da unterschreibt der Vorsitzende der Berliner Gewerkschaft ver.di gemeinsam mit mir den Vertrag zur Zusammenarbeit.
- Da überreiche ich dem Berliner Chef von Sodi einen symbolischen Scheck über 15.000 Euro für ein Projekt in Vietnam. Das Geld haben unsere Mitglieder gesammelt.
- Da stehe ich auf einer Rednertribüne von ver.di in der Nähe der Bannmeile des Bundestages. Gemeinsam fordern wir eine bessere Politik für die Berliner Senioren.

- Da ist der Regierende Bürgermeister bei uns zu Gast und beantwortet die Fragen, die unsere Mitglieder ihm gestellt haben.
- Da steht die Senatorin für Soziales bei der Seniorenwoche am Stand des Landesverbandes und unterhält sich mit uns. Sie ist übrigens jetzt meine Nachfolgerin.

Na, kann man da nicht stolz werden??
Ich habe jedenfalls mit Freude und Genugtuung die Fotos umgeblättert und war fast dabei, entgegen meiner sonstigen Art, ein bisschen abzuheben.
Doch da folgt eine Aufnahme, auf der ein Kamel in der Wüste steht. Oben auf dem Sattel mit den bunten Troddeln sitzt die Landesvorsitzende von Berlin, also ich. Ich hatte gar nicht bemerkt, dass unser Öffentlichkeitsmensch in der Reisegruppe war und dieses Foto geschossen hatte.
Ich saß also auf dem Kamel und kam sehr schnell von dem hohen Ross wieder herunter, auf dem ich mich soeben noch befand.
Ich habe mich bei meinem Kollegen für diesen kleinen Seitenhieb bedankt und weiß wieder: Repräsentation ist wichtig, aber zu wichtig sollte man sie oder sich nicht nehmen.

Nichts zu machen

..., dachte der Fuchs, als er im Mondschein hungrig vor dem Hühnerstall saß.

Doch dann sah er, dass die Klappe oben, am Ende der Hühnerleiter, einen Spalt offen stand ...

Inhaltsverzeichnis